1판 1쇄 찍음 2017년 3월 15일
1판 1쇄 펴냄 2017년 3월 24일

지은이 | 진 솔
펴낸이 | 정 필
펴낸곳 | 도서출판 **뿔미디어**

편집장 | 문정흠
기획 · 편집 | 선우은지

출판등록 | 2002년 9월 11일 (제1081-1-132호)
주소 | 경기도 부천시 원미구 소향로 17번길(두성프라자) 303호 (우) 14544
전화 | 032)651-6513 / 팩스 032)651-6094
E-mail | bbulmedia@hanmail.net
비북스 | http://www.b-books.co.kr

값 8,000원

ISBN 979-11-315-7858-2 04810
ISBN 979-11-315-7296-2 04810 (세트)

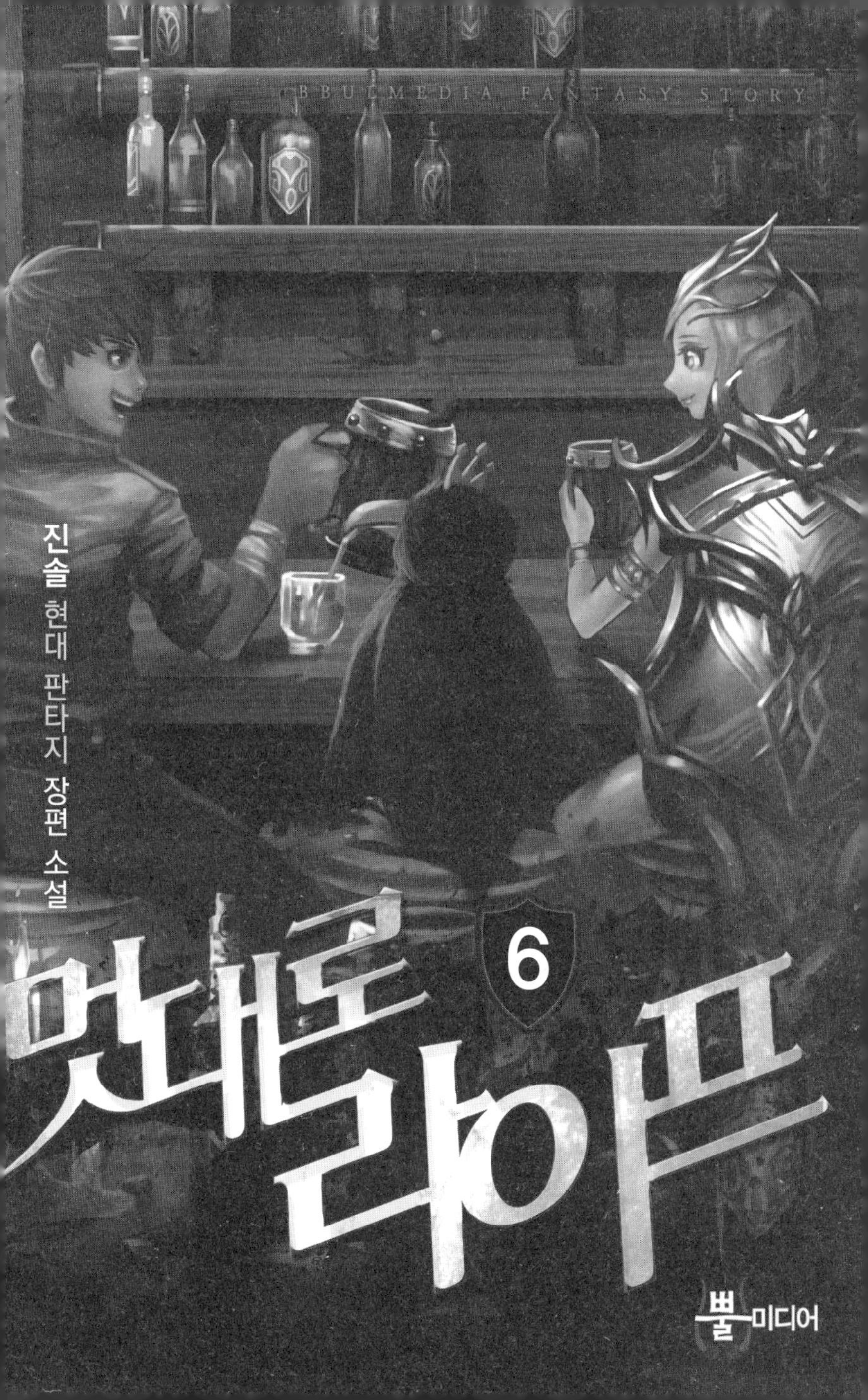
BBULMEDIA FANTASY STORY
진솔 현대 판타지 장편 소설
6
멋대로 라이프
뿔미디어

Contents

Chapter 1
축축함에서 딱딱함까지의 시간

"그래서… 이제 어쩔 셈이야?"

"엉?"

뜬금없는 나여주의 물음에 멍청한 목소리로 되물은 나는 이내 한심하다는 얼굴 표정의 그녀와 마주해야만 했다.

"어휴, 여태 아무 생각 없으면 어떡해? 마수족들을 전부 불러 모았잖아. 그럼 다음 계획이 있을 거 아니야?"

"다음 계획이라니……."

나는 조금 전 서큐버스 퀸에게 받은 가면의 모서리로 머리를 긁적였다.

분명 마술 지팡이의 권위로 남부의 마수족들을 불러 모으는

데 찬성한 나였지만, 애당초 아이디어를 제공한 것은 나여주인
바, 내게 이후 계획 같은 게 있을 리가 없다.

그나마 한 가지 떠오른 게 있다면…….

"다구리?"

"어휴! 기대한 내가 바보지."

나름 심사숙고한 끝에 정공법을 말했건만, 나여주는 혀를 차
며 팩 고개를 돌려 버렸다. 심사가 꼬이지 않을 수 없는 모습이
었다.

"그러는 넌? 뭐 생각해 놓은 게 있어?"

"뭐… 나 역시 마찬가지긴 하지……."

흥, 그것 보라지. 애당초 마수족들을 몽땅 끌어모아 심해왕을
다구리 놓자고 제안했던 것이 나여주 본인이었으니, 별달리 다
른 생각이 있을 리 없었다.

"있긴 있는데……."

"엉?"

"뭐, 그래도 단순한 다구리보다는 나을걸."

조금 미묘한 말투였지만, 어쨌거나 계획이 있다는 듯한 말투
였다.

어쨌든 당장에 떠올릴 수 있는 것이 떼로 몰려가 깽판 부리는
것밖에 없는 나로선 꽤나 반가운 소식이다.

"그래, 그 계획이 뭔데?"

"이리 귀 좀 대 봐."

여기에 있는 사람이라곤 나랑 나여주 본인밖에 없는데 이렇게까지 보안 엄수를 해야 할 필요가 있을까 싶었지만, 목 마른 사람이 우물을 판다고 순순히 귀를 대줄 수밖에 없었다.

속닥속닥.

귓가를 간질이는 달콤한 숨결에 귀가 달아오르는 듯한 느낌을 받은 것도 잠시.

마침내 계획의 핵심 내용을 듣는 순간, 내 인상이 한순간에 팍 찌그러졌다.

"…이상."

"…그게 가능할 거 같아?"

아무리 생각해 봐도 방금 들은 그것이 그냥 달려들어 다구리 놓는 것과 무슨 차이가 있는지 모르겠다만. 유일한 차이점이 있다면 모든 위험 부담을 나에게 전가시킨다는 거 정도?

그리고 왜 내가 그렇게 해야 하냐는 질문보다도 먼저 나온 것은, 이 계획에 실현 가능성이 있는가였다.

만일 나여주가 말한 계획대로 된다면 걱정할 것은 아무것도 없겠지만… 말이야 누구든 할 수 있는 바, 말만이라면 심해왕이 아니라 심해왕 할아버지가 온다고 해도 나 혼자 끝장낼 수 있다.

"후……. 그게 대체 무슨 소리야."

"펭돌이가 있으니까 가능하지 않아?"

섶을 지고 불속으로 뛰어드는 역할을 맡은 내가 한숨을 쉬자, 나여주는 이해하지 못하겠다는 듯 오히려 고개를 갸웃거리며 엠페러를 언급했다. 그 모습은 때려주고 싶을 만큼 귀여웠지만, 그만큼 두통을 동반하는 모습이기도 했다.

"휴……. 그게 무슨 소리야."

"그야… 방어력 무시잖아, 펭돌이."

"으응? 그걸 어떻게……."

아무렇지 않게 엠페러의 특별한 능력을 언급하는 나여주를 보며 나는 흠칫 놀랐다. 하지만 생각해 보면 그다지 이상한 일도 아니었다.

"너랑 나랑 잡고 다닌 몬스터가 몇인데, 그 정도도 모를까 봐? 내 조합 마법도 끄떡없이 견디는 몽미족들을 마구잡이로 썰어놓고……. 그렇다고 나보다 레벨이 압도적으로 높아서 그런 것도 아닐 거 아니야? 그렇다면 답은 하나지. 펭돌이가 특별하다는 거."

"뭐… 그렇겠지."

쓴웃음을 머금고 대답한 나는 속으로 덧붙였다.

'거기에 평소에 사용하는 금빛 엄니랑 엠페러를 비교한다면 더 확실하지.'

아무리 금빛 엄니가 베기에 적합하지 않는 형태를 가지고 있다고는 하지만, 모양새가 베기 적합하지 않은 걸로 따지면 엠페러를 따라갈 것이 없다. 그러니 나와 같이 사냥을 해봤다면 저정도 알아차리는 것은 사실 시간문제나 다름없다.

"뭐… 확실히 엠페러의 방어력 무시 효과라면 가능한 이야기일지도 모르지만……."

"분명 확률이 낮긴 하지만 그래도 불가능한 것만은 아니잖아."

"이론상으로야 그렇긴 하지……."

이 계획의 핵심이자 나여주가 나와 엠페러에게 바라는 것은 단 일격.

하지만 그 일격을 위해선 많은 준비가 필요하고, 또한 그만큼 운이 따라줘야만 가능했다.

게다가 아무리 엠페러가 지금껏 만난 몬스터들을 상대로 무적의 공격력을 자랑했다곤 하지만, 상대는 마계의 한 지역을 차지한 왕. 그런 몬스터에게도 과연 엠페러의 날카로움이 효과를 발휘할 수 있을지는 미지수였다.

'뭐 예전에 금모원왕과 지하악왕을 동시에 베어낸 것을 생각하면 완진히 불가능할 것 같지도 않시만…….'

그렇지만 일말의 불안감은 여전히 남아 있었다.

팡팡!

"뭘 벌써부터 그렇게 심각해? 까짓 거 실패하면 다시 도전하는 거지."

호탕한 척, 나여주는 내 등을 두드리며 말했다. 하지만 그녀 역시 불안하기는 마찬가지일 것이다.

만일 우리에게 보다 많은 시간과 여유가 있었다면, 아마 이곳에 모여든 많은 마수족의 다양한 특성을 이용하여 여러 전략전술을 펼쳐서 보다 쉽게 심해왕을 공략할 수 있었을지도 모른다. 하나 우리에겐 심해왕을 처리하고 곧장 잃어버린 벨라를 찾아나서야 한다는 목표가 있었다.

벨라의 능력은 신뢰하지만 이 마계에 혼자 떨어져 있음을 생각하면 불안하긴 마찬가지. 그렇기에 나여주는 건곤일척이라고밖에는 표현되지 않을 계획을 떠올린 것인지도 모른다.

'마수족을 이용해서 벨라를 찾는다는 선택지가 가능했다면 좋으련만……'

이는 엠페러가 가진 마술 봉으로 마수족을 조종할 수 있다는 사실을 들었을 때 가장 먼저 떠올린 방법이었지만, 실제로 실행하기엔 좀 문제가 있었다.

마수족들은 기본적으로 마기에 물든 흉포한 짐승, 그들은 대부분이 엘프나 인간에게 강렬한 적대감을 갖고 있었다. 개중에 시간이 지나며 마기의 지배력이 약해진 녀석들은 인간에게 고개를 숙일 만큼 온순하다고 하지만, 대다수의 마수족은 여전히 흉폭하고 잔악했다.

그런 녀석들에게 엘프인 벨라를 찾아달라고 하는 것은 그야말로 고양이에게 생선을 맡기는 격, 엠페러와의 인연으로 절대적인 신뢰가 있는 펭귄족을 제외하고는 그 누구도 믿을 수 없었다.

심지어 지금 우리에게 누구보다 살갑게 대하는 이들 몽마족까지도.

'그러고 보면 서큐버스 퀸이 복종하는 건 특이한 일이군. 마수족과 마족의 지성의 차이 때문인 걸까?'

만지작.

나는 아까부터 손에 들고 있던, 날카로운 웃음이 인상적인 새하얀 가면을 들어 올렸다.

이번에 모이게 될 마수족은 온순한 종족은 물론 흉포한 종족까지 모두 포함되어 있는 만큼, 그들을 불러 모은 것이 누구보다 적대시하는 인간이란 것을 알게 될 경우 불상사가 일어나는 것은 불 보듯 뻔하다. 이것은 그런 상황을 대비해 서큐버스 퀸이 준비해 준 특제 가면이었다.

아직 자세한 옵션을 확인한 것은 아니지만, 쓰고 있으면 짙은 마기를 흘리게 되며 동시에 몽마족의 특기인 매혹 마법을 걸 수 있어 쉽게 마수족의 호감도를 얻을 수 있다고 했다.

이렇게 서큐버스 퀸이 우리는 잘 모르는 마수족의 특성까지 고려해 사소한 것까지도 철저하게 준비하며 협조를 해주었지만… 그렇기에 나로선 더욱 이해할 수 없었다.

'아무리 전대 마왕의 신물이 있다고 하지만, 마족도 인간에게 적대감을 갖는 건 마찬가지일 텐데.'

물론 종족 특성상 인간에 친숙한 몽마족이라곤 하지만, 그것은 먹이로서의 친숙함일 뿐. 마수족에 비해 뛰어난 지성을 지녀 이성적인 사고가 가능한 이들이 우리에게 이토록 헌신적인 이유를 알 수가 없었다.

그들에게 대대손손 전해온 트라우마가 얼마나 강력한 것인지는 모르지만, 단순히 트라우마 때문에 종족 전체를 전쟁에 뛰어들게 하기엔 마족이 지닌 지성은 결코 낮지 않으니 말이다.

'뭔가 다른 생각을 품은 것이라면……'

만일의 경우에 대해 고민해 보기도 했지만, 그렇다고 한들 답이 나오는 것은 아니었다.

애당초 이유부터 짐작이 안 가는 데다가, 만일 정말 몽마족이 뒷통수를 친다고 해도 우리에겐 막을 힘이 없었으니 말이다.

'아마 다른 몽마족도 없이 서큐버스 퀸 하나만 나선다고 해도 나랑 나여주는 살아서 돌아가지 못하겠지.'

그렇게 몽마족과 그들의 헌신에 대해 한참을 고민하던 나는 이내 크게 기지개를 켰다.

"으아아, 모르겠다! 좋은 게 좋은 거지!"

이러나저러나 사실상 우리에게 방법은 그들에게 도움을 받는 것뿐이다. 그러니 의심스럽다고 한들 별다른 방법이 없었다.

그저 혹여나 하는 마음을 갖고 경계의 태도를 취하는 것이 최선일 뿐.

결국 결론은 내리지 못한 채 생각을 마무리 지은 내가 굳은 몸을 스트레칭으로 풀어내는 사이, 여태 조용히 자리를 지키고 있던 나여주가 불쑥 내게 다가왔다.

"고민은 다 끝났어?"

"어? 뭐야, 아직 있었냐?"

"아, 할 말이 있는데 뭔가 심각한 고민을 하는 것 같길래."

심각했다고 해야 할까, 아니면 그냥 헛심을 썼다고 해야 할까.

쓴웃음을 지은 나는 적당히 손을 내저었다.

"뭐, 별건 아니야."

"그래. 나도 처음엔 무슨 심각한 고민일까 생각했는데, 기다리다 보니 생각이 바뀌었어. 네가 심도 있는 고민 같은 걸 할 리가 없잖아? 그래서 한 대 쥐어 패면서 부를까, 그냥 흔들어 깨울까 하던 참에 니가 일어난 거지. 여태껏 기다려 준 나에게 감사해."

"⋯⋯."

때려서 방해할지, 흔들어서 방해할지를 고민하다 보니 내가 생각하는 걸 기다리게 됐다는 말에 왜 내가 고마워해야 하는 것인지에 대해 다시 한 번 고민에 빠지려는 찰나, 나여주가 선수를 쳤다.

"아니, 그보다 급한 게 있었지, 참. 이제 시답잖은 고민 그만하고, 내 말이나 똑바로 들어."

"아, 그래. 할 말이 있다고 했지?"

문득 그녀가 지금까지 기다렸다는 사실이 떠올라 되물었지만, 어째선지 평소라면 벌써 대답을 끝내고도 남았을 시간 동안 아무런 반응이 없었다. 의문이 들어 고개를 돌려 나여주를 바라본 나는 꽤 충격적인 장면을 목격할 수 있었다.

'저거… 쑥스러워하는 건가?'

쑥스럽다, 미안하다, 부끄럽다.

그 어느 것 하나 나여주에게 어울리지 않는 것들뿐이건만.

내 물음을 받고 슬쩍 시선을 피하며 고개와 몸을 모로 꼬는 그녀의 모습은 어딜 보나 앞선 세 가지 감정이 합쳐진, 평범한 소녀의 모습이었다.

그 기괴하고도 비현실적이며, 또 한편으로는 남성의 가슴 깊은 곳을 간질이는 기묘한 모습에 호기심을 감추지 못한 나는 재차 다그쳐 물었다.

"뭐야? 뭔데 그래?"

부끄러워하는 소녀를 괴롭히는 짓궂은 아이처럼 연달아 질문을 던졌다. 그러자 내 목소리에 맞춰 몸을 비트는 나여주였다.

그녀는 얼굴을 마주하고자 고개를 요리조리 들이댈 때마다 연신 얼굴을 피하며 코맹맹이 소리로 대답했다.

"자, 잠깐만……. 조금만 기다려 봐."

당황스러워하는 어투, 애교 섞인 코맹맹이 소리.

도저히 상상도 못했던 나여주의 모습에 코 평수를 넓힌 내가 음흉한 표정으로 짓궂게 다가갈 무렵, 갑자기 고개를 돌린 나여주가 날카로운 시선으로 나를 노려보며 쭉 뻗은 새끼손가락을 내 명치 부근에 쿡 찔러 넣었다.

쓰윽.

"응? 이건 뭐야? 왜 갑자기 가슴을 찔러? 응?"

나여주의 의외의 모습을 본 탓이었을까, 이미 천지분간을 못 하게 된 나는 그 수상하기 짝이 없는 손가락질에도 무언가 소녀의 감성이 담긴 특별한 의미가 있는 것은 아닐까 싶어 희미한 미소를 지었다. 그리고 이내 싸늘하게 나를 쳐다보는 나여주의 시선에 퍼뜩 정신을 차렸다.

"시끄러. 너 땜에 코를 못 파잖아!"

"…으응?"

문득 명치 부근이 축축해져 옴을 느낀 나는 믿을 수 없다는 투로 중얼거렸다.

"방금… 분명 부끄러워서……."

"야, 아무리 나라도 코 파는 걸 보여주는 건 부끄러운 게 당연하잖아! 거기다 대고 재촉하는 건 무슨 심보야, 대체?"

"……."

나는 명치 부근의 축축함이 딱딱한 무언가로 바뀌어가는 느낌에 할 말을 잃었다. 문득 시선을 가슴팍으로 돌릴 무렵 고개를 든 나여주가 예의 차가운 목소리로 말했다.

"마수족 모일 때까지 할 일 없지? 내일 저녁에 밥 먹게 위랑 시간 비워놔."

"……."

왜 같이 밥을 먹어야 하는지, 왜 저녁인지 그 이유를 물을 생각조차 못했다. 그저… 가슴께의 뻣뻣한 감각에 입을 다물 뿐.

"나 먼저 간다."

파아아앗!

한참을 넋을 잃고 있던 나는 나여주가 로그아웃 이펙트에 휘감겨 사라지는 순간에야 간신히 고개를 들었다. 그리고 흐릿해진 그녀의 잔상으로부터 꿈만 같던 순간을 실체화하기 위해 애썼다.

그 탓에 나는 보지 못했다.

흐릿한 그녀의 잔상의 귀가 발갛게 물들어가는 것을 말이다.

나여주가 로그아웃을 하던 그 시각. 포고령에 의해 알려진 마수족의 집결지로 향하는 수많은 무리 중 두 개의 무리에서 작은 소란이 일고 있었다.

우당탕!

"크흡!"

"어어, 괜찮냐?"

어째서일까, 등에 진 짐과 함께 요란스럽게 넘어지는 소성진을 향해 백광의 전사 제논이 안부를 물었다.

"괘, 괜찮습니다!"

황송하다는 듯 자리에서 벌떡 일어나 제논에게 대답한 소성진이 문득 뒤를 돌아보며 고개를 갸웃거렸다.

'방금… 뭔가 이상한 기분이 들었는데…….'

"괜찮다면 어서 가지."

아무것도 없는 곳에서 저 혼자 발을 헛딛고 넘어졌다는 것이 부끄러웠던 것일까, 아니면 그를 위해 길드의 간부인 제논이 기다리고 서 있다는 것에 미안함을 느꼈던 것일까. 슬쩍 얼굴을 붉힌 소성진이 재빨리 바이저스 길드 무리의 꽁무니로 따라붙었다.

그런 소성진을 보며 무리의 후방에서 길드원들을 이끌던 제논이 한마디를 덧붙였다.

"힘들면 말해. 알았지?"

"예, 옛!"

자상한 제논의 말에 다시 얼굴을 붉힌 소성진의 발걸음에 다시금 힘이 들어갔다.

그리고 또 같은 시각, 바이저스 길드와는 많이 떨어진 곳에 위치한 다크 엘프족의 이동식 거점. 훈련용으로 마련된 작은 공터에 두 엘프가 사나운 기세를 흘리며 마주 보고 있었다.

"뭐하고 있나!"

"으으……. 방금 분명 이상한… 기분 나쁜 기운이……."

"전쟁 중에 칼이 들어와도 그런 변명을 하고 싶은가 보지?"

파아앗!

섬전처럼 뻗어오는 파울의 주먹을 수도 없이 금이 간 방패로 막아낸 벨라가 투덜거렸다.

"아, 지금 전쟁 중인 건 아니잖아요! 잠깐 쉴 수도 있지!"

벨라의 반박에 냉정한 파울의 시선이 그녀의 목줄기를 향했다.

"훈련을 실전처럼! 실전을 훈련처럼! 그리고 우린 지금 전쟁을 치르러 가는 길이다! 그런 나태한 행동으로 목숨을 잃고 싶나?"

"으으… 진짜 융통성이라곤 손톱만큼도 없다니까……."

투덜투덜.

파울의 주먹을 일부러 정면으로 받아내, 그 반동으로 멀찍이 물러난 벨라가 작게 투덜거렸다. 이런 기색을 포착한 파울이 찌푸린 눈을 했다.

"방금 뭐라고 했나?"

"아뇨, 아무 말도 안 했습니다."

물론 저 길쭉한 귀에 아무리 작은 소리라고 한들 안 들렸을 리가 없다. 하지만 벨라는 천연덕스럽게 거짓말을 했고, 파울 역시 씨알도 안 먹힐 거짓말에 대해 따지기보다는 주먹에 보다 힘을 실었을 뿐이었다.

그리고 이런 파울의 행동을 눈여겨 보던 벨라가 다시 한 번 중얼거렸다.

"진짜… 밴댕이 소갈딱지 같으니라고."

"뭐라고 했나!"

"아무 말도 안 했다니까욧!"

투콰아앙!

마계 남부, 바닷가로 가는 길목의 다크 엘프족 거점.

그곳의 작은 소란은 폭음과 함께 마무리되어 가고 있었다.

Chapter 2

아버지 그리고 아들

"흠, 걔네 집 정도면 저녁 먹을 때 싸구려 음식을 먹진 않겠지?"

바스락바스락!

나여주와 만나기로 한 약속 시간이 가까워올 무렵, 나는 주방의 서랍장을 뒤져 그 안에서 여러 장의 위생 봉투를 꺼냈다.

"뷔페로 가려나? 뷔페로 갔으면 좋겠는데……."

각각 고기용, 해산물용, 디저트용 등 몇 가지로 분류한 위생 봉투들을 차곡차곡 접어 챙기던 나는 불현듯 떠오른 생각에 서랍장을 뒤져 큼지막한 검은 봉지를 꺼냈다.

"아무래도 싸가는 거 걸리면 좀 그러니까… 가릴 수 있는 게 좋겠지."

처음에는 종이 가방을 챙겨 갈까 생각했지만, 그래서는 들어가거나 나갈 때 눈에 띌 수밖에 없으니 유사시 압축이 가능한 비닐 봉투를 챙기기로 했다.

"뷔페가 아니라도 챙겨갈 수 있게 다른 것도 좀 챙겨둘까?"

가장 먼저 떠오른 것은 육수 같은 것을 담을 수 있는 보온병이었지만, 아무래도 음식점에 커다란 보온병을 들고 가는 것은 눈에 띌 수밖에 없다는 생각에 타협하여 적당히 용량이 큰 텀블러를 가지고 가기로 했다.

하지만…….

'텀블러 같은 고상한(?) 물건이 있을 리가 없지!'

평소 설거지가 귀찮아 물컵 하나로 물도 먹고, 주스도 마시고, 커피도 먹고, 씻을 때는 물로만 헹구는 나에게 있어 부자들의 고상한 여가 생활을 위한(?) 텀블러 같은 게 있을 리 없었다.

'그렇다면 보온병밖에는 없는데…….'

하지만 은빛의 커다란 보온병은 눈에 띌 수밖에 없는 바, 나는 마지막 타협점으로 손바닥 크기의 생수통을 집어 들었다.

"흐읍!"

우지직, 우직!

반드시 이곳에 음료수든 육수든 뭐든 간에 담아오리라는 집념이 생수 통을 손바닥 크기로 압축하기 시작했고, 이내 손바닥

반절만 한 크기가 되었을 때 재빨리 뚜껑을 닫은 나는 만족스러운 표정으로 하늘에 기도했다.

'제발 육수가 흰색이길, 음료수는 사이다로 주길!'

그 외의 것들은 이 투명한 페트병에 담아오기엔 너무 눈에 띌 테니 일찌감치 포기하기로 했다.

그렇게 부자와의 저녁식사에 대해 만반의 준비를 갖추며 온갖 궁상을 떨던 내게 반가운 소리가 들려왔다.

띵동.

"잠깐만, 금방 열어줄게!"

나에게 있어 대중교통이 유일한 장거리 이동 수단인 이상, 내가 나여주에게 가는 것보다 나여주가 나를 찾아오는 것이 훨씬 빠르다. 그 사실을 익히 아는 성격 급한 나여주는 우리집에 방문하기로 했던 것이다.

벌컥!

"생각보다 일찍 왔… 엥?"

이곳에 이사 온 이래 택배 기사 외엔 집에 찾아온 사람이 없던 만큼 문 앞에 있을 사람이 나여주라 믿어 의심치 않았던 나는, 막상 문을 열었을 때 난생처음 보는 한 쌍의 남녀가 서 있자 당황하지 않을 수 없었다.

"저기… 누구……?"

"박, 대, 로 님. 되시죠?"

"예? 아, 예."

세련된 양복 차림의 남성이 딱딱한 어투로 내 이름을 한 자 한 자 끊어 말하며 확인을 했다. 저도 모르게 고개를 끄덕인 나는 이어진 여성의 독설에 정신을 차릴 수가 없었다.

"어휴, 진짜 추레하네. 이거 고치려면 시간 좀 걸리겠다."

"예? 저요?"

"어허! 아가씨의 지인 분이시다. 말을 조심해."

"흥, 아가씨는 막 대해도 괜찮다고 하셨다고. 그리고 추레한 걸 추레하다고 하지, 뭐라고 해."

"물론 추레하긴 하지만, 아직 꾸미지 않았다면 누구라도 이런 모습일 수 있는 법이야. 물론 추레하지만."

'두 번이나 말할 필요 있냐?'

초면에 말하기엔 하는 입장에서나 듣는 입장에서나 여러모로 불편한 말이 아닌가에 대해 고민하기도 전에, '아가씨' 운운하는 그들의 대화를 통해 나여주가 보낸 사람들임을 확신할 수 있었다.

'뭐야? 결국 본인이 오기는 귀찮아서 운전기사를 보낸 건가? 아니, 그런 거면 두 명은 필요 없잖아. 게다가 고친다니, 뭘?'

머릿속으로 수많은 의문이 떠올랐지만 그 모든 것에 대답을 얻기엔 내가 가진 정보가 너무 적었다.

"그… 여기는 어쩐 일로."

결국 직접 대답을 얻기로 결심한 내가 그들에게 찾아온 이유를 묻자, 여태 티격태격 저들끼리 대화를 나누던 남녀가 정신을 차린 듯 그제야 자신들을 소개하기 시작했다.

"아, 안녕하십니까. 저는 나여주 아가씨의 소개로 온 스타일리스트 장수원이라고 합니다. 오늘 박대로 님의 의상을 책임지기 위해 왔습니다. 그리고 이쪽은……."

"안녕! 난 나선영이야! 아가씨가 그 추레한 더벅머리 좀 어떻게 해달라고 해서 찾아왔어."

"아… 그러니까 기사 분들이 아니라 스타일리스트 분들?"

이들의 직업에 대해 들으면서, 문득 새로운 의문이 떠올랐다.

'오늘… 나 저녁 먹으러 가는 거 맞지?'

새로운 궁금증에 내가 멍해 있는 사이, 장수원과 나선영은 서로 시선을 교환하고는 이내 집주인인 내 허락도 없이 당당히 현관을 통과했다. 뿐만 아니라 멍하니 서 있던 내 양팔을 한 짝씩 잡아 들고는 방안으로 날 이끌었다.

"실례하겠습니다."

"실례할게."

"아니……. 실례해도 된다고 아직 허락 안 했는데……."

나의 작은 반박이 있었지만, 둘은 그런 것쯤은 아무 상관없다는 듯 아무렇지 않게 방이며 거실을 누비기 시작했고, 이내 날 거실에 세워두고는 문 밖에서 커다란 트렁크 몇 개를 끌고 들어왔다.

드르르륵!

"아니……. 저기, 그렇게 끌고 들어오면 바닥이…….."

"자, 여기 앉고! 이거 쓰고… 움직이지 마!"

털썩!

마룻바닥에 선명하게 새겨지는 트렁크의 긁힌 자국을 보면서 눈물짓던 나는 어느새 나선영이 꺼내 든 접이식 의자에 앉혀져, 목에는 미용실에서나 보던 커다란 보자기가 씌워졌다.

그리고 내 눈 옆을 스쳐 지나가는 은빛의 가위!

나는 그제야 이 여자가 하려는 것이 무엇인지 깨닫고 자리를 벗어나기 위해 발버둥 쳤다.

"으아아악! 이 여자가 뭐하려는 거야! 여기 거실이라고!"

"뭐하긴 뭘 해! 나 헤어 스타일리스트라니까? 그리고 이 여자라니! 말조심해!"

서걱!

나는 발버둥치는 와중에도 한 치의 오차 없이 머리카락을 성 둥 자르고 지나가는 은빛 가위의 서슬 퍼런 기세에 저도 모르게 멈칫했다. 그리고 그사이 몇 번이나 머리를 훑고 가는 서늘한 감촉에 몸이 절로 떨리기 시작했다.

사각사각! 서걱서걱!

"으… 으으으……."

"엄살은! 가만히 좀 있어!"

바닥으로 우수수 떨어지는 머리카락들을 보며 필사적으로 울음을 참는 내게 혀를 차는 나선영의 목소리가 비수처럼 와 닿았다. 나로선 도저히 반항할 수가 없었다.

지금껏 윗머리를 자르던 가위가 귀 바로 옆에서 작업 중이었기에……

'이걸 나중에 어떻게 치우라고!'

잘게 잘린 머리카락들이 마루 바닥재의 틈새로 파고들 경우 일어나는 참사에 대해 알긴 아는 거냐!

불안을 감추지 못한 내가 어쩔 줄 모르는 감정을 온몸으로 표현하는 사이, 마찬가지로 커다란 트렁크를 끌고 들어온 장수원이 그 안에서 턱시도를 비롯한 다양한 종류의 옷들을 꺼내 들기 시작했다.

"음……. 이건 색감이 안 어울릴 것 같고. 이건 기장이 조금 짧게 나왔으니……."

그러곤 늘어놓은 옷들과 내 얼굴을 비교하며 혼자 중얼거리기 시작했다.

그 행동은 지금 내 머리를 이리저리 돌려가며 엿장수 저리 가라 수준의 신명 나는 가위질을 선보이고 있는 나선영에 비하면 훨씬 얌전했기에 그에 대한 불만은 적었지만…….

"흠……. 음……."

'이거 뭔가……'

반색하며 옷을 꺼내 들다가 내 얼굴을 보는 순간 다시 심각한 고민에 빠지는 그의 모습을 보고 있자니, 어쩐지 배알이 뒤틀리는 기분이었다.

"아직 멀었나? 아무래도 직접 입어봐야 할 거 같은데."

"잠깐만 기다려, 거의 다 했어!"

사각사각사각사각사각!

결국 직접 입혀봐야지만 알 것 같다는, 어떻게 보면 평범한 결론에 이른 장수원의 재촉이 있자, 나선영의 가위질이 한층 빨라지기 시작했고, 내 비명 소리가 높아졌다.

"으아아악! 조, 조심해!"

"이래 봬도 프로거든? 너만 가만히 있으면 돼."

'저렇게 날카로운 가위로 걸리는 것은 족족 잘라내며 종횡무진 머리 옆에서 움직이는데 아무렇지 않을 사람이 어디 있겠냐고 반박하고 싶었지만… 정직한 내 몸은 어느샌가 얌전히 자리에 안착해 있었다.

"그래, 그래. 아이고, 착하다."

서걱서걱!

우는 아이 달래는 듯 말하는 와중에도 거침없이 움직이던 가위는 순식간에 내 덥수룩하던 머리를 말끔히 정리해 냈고, 어느새 꺼내 들었는지 드라이어까지 가져온 나선영이 머리를 털어

내자 바람에 휘날리는 머리카락들 사이로 멀끔해진 내 모습이 드러났다.

"오, 잘라놓으니까 때깔 좀 사는데?"

나름 있는 집 고용인치고는 단어 선택이 너무 저렴한 거 아니냐는 말이 목구멍까지 치솟았지만, 나는 지금 내 목에 감겨 있는 물건의 묵직한 무게감에 차마 함부로 움직일 수가 없었다.

'제발… 제발 얌전히 내려와 줘……!'

이미 드라이어에 날려 방안 곳곳으로 퍼진 녀석들이야 어쩔 수 없다지만, 지금 이 하얀 보자기(?)에 남아 있는 잔해들은 잘만 모으면 한 번에 처리가 가능한 녀석들이었다.

여기서 나선영만 차분하게 행동해 준다면……!

"짜자잔! 개봉 박두!"

촤아아악!

"아, 안 돼!"

사라라락!

나는 허공을 수놓는 수많은 머리카락들과 비단보를 펼쳐 놓은 듯 하늘을 유영하는 매끄러운 보자기의 하늘거림을 보며 목 놓아 외쳤다. 그런 나를 보며 나선영이 시원하게 웃어 보였다.

"하하! 부끄러워하지 않아도 돼! 너 지금 정말 괜찮다니까? 왜 여태 머리를 그렇게 하고 다닌 거야?"

팡팡!

그리곤 열린 방문 쪽을 향해 시원하게 보자기를 털기 시작했다.

"으, 으아아악!"

내가 뒤늦게 이를 막아보고자 팔을 뻗었지만, 이 분야의 프로임을 증명하기라도 하듯 순식간에 순백의 색을 되찾은 보자기는 마술처럼 그녀의 손으로 빨려 들어갔고, 더 이상 모습을 보이는 일은 없었다.

자리에서 벌떡 일어난 내가 팔을 쭉 뻗은 채 망연자실해 있는 사이, 혼란을 틈타 내 상의 밑단을 잡은 장수원이 재빨리 상의를 벗겨 버렸다. 그리고는 이내 품평하듯 내 몸을 감상하기 시작했다.

"흐음, 이건 꽤⋯⋯."

흥미롭다는 듯 눈을 빛내며 말하는 장수원이 마침내 입맛을 다실 때쯤, 나는 불안함을 느끼며 재빨리 양손으로 가슴을 가렸다.

"뭐, 뭐하는 짓이야!"

"아, 생각보다 꽤 좋은 몸이구나 싶어서요. 평소에 운동 많이 하시나 봐요. 어울릴 만한 옷들이 꽤 많겠어요."

태연하게 대꾸하는 장수원의 모습에 할 말을 잃어버린 내가 멍해 있는 사이, 어느새 트렁크에서 또 다른 물건을 꺼내든 나선영이 내 머리에 무언가를 치덕치덕 바르기 시작했다.

"이건 또 뭐야!"

"아, 가만히 좀 있어 봐! 금방 끝나니까!"

"아악! 잠깐! 그렇다고 머리를 쥐어뜯으면……!"

거칠기 짝이 없는 스타일링 방식에 고통을 호소하기도 잠시, 낯선 헤어 용품을 잔뜩 처바른 내 모습은 어느새 포마드로 깔끔하게 멋을 낸 멋쟁이가 되어 있었다.

"확실히 이마를 드러내니 인물이 사네! 대체 그 더벅머리는 왜 하고 다닌 거야? 그냥 이발기만 사다가 혼자 밀어도 원판이 좋아서 훨씬 좋았겠구만."

"으음……."

거실에 거울이 없는 관계로, 불 꺼진 텔레비전 모니터를 통해 대략 상태를 확인한 내가 쓴웃음을 짓자, 나선영이 이해할 수 없다는 듯 물었다.

"뭐야? 그게 마음에 안 들어? 아직 익숙하지 않아서 그러는 모양인데, 지금 그 머리가 훨씬 낫다니까."

"아니……. 마음에 안 드는 건 아니지만……."

"그럼 뭐야? 뭐가 불만인데 그렇게 똥 씹은 표정이야?"

사신이 해준 머리에 불만을 가지는 것을 용납할 수 없다는 듯, 내 미적지근한 반응에 열을 올리던 나선영은 이내 내가 빗어 넘긴 포마드 머리를 일부러 헝클어뜨리며 다시 이마를 가리자 잔뜩 신경질을 냈다.

"아악! 너 뭐하는 거야! 남이 기껏 만들어 준 머리를!"

"나는 역시 이게 좋아."

기름이며 스프레이로 떡 진 머리를 어설프게 만진 탓에 머리가 온통 새집처럼 너저분하게 변했지만, 나는 머리카락이 이마를 비롯해 얼굴의 대부분을 가리게 된 것에 만족스러운 웃음을 지었다.

"대체 뭐가 마음에 안 들어서 그래?"

"아니, 분명 조금 전엔 멋있긴 했지만… 어쨌든 내 취향은 아니었어."

만족스러워하는 나의 표정과 연신 앞머리를 내려 이마를 덮는 내 손짓으로부터 무언가 알아챈 것이 있는지, 나선영이 내 손을 치우고 직접 머리를 만지며 한숨을 내쉬었다.

"어휴, 이마 보이는 게 싫었으면 말을 하지! 이렇게 망쳐 놓을 필요 없이 다시 정리해 줬을 텐데!"

"하하……."

차마 말할 시간이나 줬냐고 말하지는 못하고 어색한 웃음을 흘리는 날 위해 다시 머리 만들기에 열중한 나선영은 어느새 진지한 표정이었다.

'열심히 만들어준 걸 망친 건 미안하지만… 그래도 머리를 넘기면 너무 닮았는걸.'

말끔히 빗어 넘긴 그 머리를 본 순간 떠오른 기억이 있었다.

오래도록 내가 쫓던 이상, 완전무결의 상징.

그리고… 내 실패의 증거.

그 사람을 닮았다는 이유로 받아온 관심과 그로 인한 무관심 사이의 갭은 지금의 내가 될 수 있게 해준 하나의 벽이었지만, 아무리 그것을 넘어섰다고 한들 안 좋은 기억을 굳이 되새기며 힘들어하는 것은 내 취향이 아니었다.

슥슥슥.

"자, 이럼 어때?"

사선으로 이마를 반쯤 가린 앞머리와 드라이로 볼륨을 키운 윗머리는 얼핏 기묘해 보였지만, 나선영의 말대로 그다지 나쁘지 않은 본판 탓인지 나름의 개성적인 스타일로 보였다.

'볼륨감이 좀 과해 보이긴 하지만… 어쨌든 이런 모습이라면 완전히 다른 사람이네.'

조금 전 기억속의 모습과는 확연히 다른 모습에 만족스러운 미소를 지은 나는 문득 떠오르는 게 있어 나선영에게 물었다.

"아, 혹시 나여주 머리도 직접?"

"당연하지, 그런 머리를 만드는 게 내가 아니고서야 누가 가능히겠이?"

그냥 내 머리에 들어간 심상치 않은 볼륨감에 자연스레 나여주의 거대 소라 머리가 떠올랐던 것뿐이지만, 예상 밖의 자부심 어린 대답에 나는 떨떠름한 웃음으로 이야기를 마무리할 수밖에 없었다.

"그럼 머리는 다 정리된 것 같으니… 이제 이거 한 번 입어보시겠어요?"

그사이 우리의 대화와는 별개로 연신 트렁크에서 이 옷 저 옷을 꺼내보던 장수원은 마침내 비닐로 덮인 세 벌의 옷을 꺼내 내 앞에 늘어놓았다.

"이건 턱시도인데, 여기 행커치프에 포인트를 줘서……."

각각 세 벌의 옷을 두고 옷들의 장점이며 단점, 그 옷을 입었을 때 가장 멋있어 보이는 포즈까지 세세하게 설명하는 장수원의 눈은 조금 전 나선영처럼 열정에 불타는 모습이었다. 하지만 나는 물론이고 나선영조차 그 장황한 설명이 하나도 귀에 들어오지 않는다는 듯 멍한 시선으로 장수원을 바라볼 뿐이었다.

그리고 마침내.

"…이 슈트에 이 구두를 같이 매치해 주면? 짜잔! 완성입니다."

"그… 이게 끝?"

드디어 끝이냐는 의미로 물었던 것이었지만, 내 말의 의미를 잘못 받아들인 것인지 장수원의 두 눈이 놀람으로 물들었다.

"호오, 설마 이 중에 마음에 드는 게 없으신가요?"

"아니, 그게 아니라……."

"후후, 역시 아가씨의 친구 분이시군요. 사실 저도 이 세 가지는 가장 무난하게 잘 어울릴 것 같은 것으로 꼽은 거라 조금 아쉬운 마음이 없잖아 있었습니다. 그런데 이런 실험 정신이 투철하신 분일 줄이야! 이거 제가 한 방 먹었군요. 그렇다면, 제가 미리 봐뒀던 옷들이 있는데…….”

뒤적뒤적.

저 긴 말을 한시도 쉬지 않고 단숨에 뽑아낸 장수원이 다시 트렁크에서 무언가를 주섬주섬 꺼내기 시작했다. 그 모습을 본 나는 재빨리 외쳤다.

“아니, 잠깐! 그거! 그게 마음에 들어!”

“예? 이거요?”

필사적으로 조금 전 설명을 마친 무난해 보이는 정장을 가리키는 내 모습에 얼핏 실망한 표정을 지은 그였지만, 이내 어쩔 수 없다는 듯 고개를 끄덕였다.

“뭐… 이 정도도 나쁘지 않죠. 실험 정신이 있더라도 오늘 자리는 예의를 갖출 필요가 있으니 무난한 선택도 나쁘지 않을 듯 싶습니다.”

‘예의를 갖추는 자리?’

장수원의 중얼거림으로부터 어쩐지 불안감을 고조시키는 말을 들은 것 같았지만, 그에 대해 깊은 고민을 할 시간 따윈 존재하지 않았다.

달칵! 지익! 스륵!

잠시 한눈을 판 사이, 어느새 내 허리께를 붙잡은 장수원이 단 한 호흡에 바지 단추와 지퍼를 해체하고 바지를 발목까지 내려 버렸다. 멍하니 그 비현실적인 모습을 보다 뒤늦게 정신을 차린 나는 비명을 질렀다.

"으아아악! 뭐하는 거야아아!"

"뭐하냐뇨, 빨리 갈아입고 가셔야죠. 아가씨가 기다리십니다."

"아니, 그건 나 혼자서도 할 수 있어! 왜 바지를 벗겨! 그리고 왜 이렇게 잘 벗기는데!"

이 불편하기 짝이 없는 상황에 대한 나의 절규가 집안 구석구석에 메아리쳤지만, 장수원은 이에 조금도 신경 쓰지 않는 듯, 오히려 바지가 벗겨진 나를 심각한 눈으로 보며 중얼거렸다.

"이런……. 설마 속옷도 필요할 줄은……."

"나가! 내가 갈아입을 거니까 당장 내 집에서 나가!"

엉거주춤한 자세로 바지 한쪽 끝을 잡는 것으로 자존심을 지키고 있던 나는 흥미롭다는 듯 이 모든 광경을 보고 있던 나선영과 속옷을 찾아 트렁크를 뒤지는 장수원을 온 힘을 다해 밀어낸 끝에 겨우 집 밖에 대기시킬 수 있었다.

쾅!

철커덕!

"어휴, 드디어 조용해졌네."

뒤뚱뒤뚱.

한결 조용해진, 그리고 심각하게 너저분해진 집안을 돌아보며, 바지를 발목에 건 채 뒤뚱거리는 발걸음으로 다시 옷가지 앞에 선 나는 한숨을 쉬며 방안에서 새로운 속옷을 꺼내왔다.

"그래⋯⋯. 까짓 거 갈아입으면 되잖아."

빨래가 하나 더 늘었다는 생각에 짜증이 이는 한편, 어차피 집구석 꼴을 보건대 속옷 외에도 빨래할 것이 많을 테니 한꺼번에 빨면 될 거라는 안심 아닌 안심을 하면서 내가 속옷을 벗은 그 찰나.

벌컥!

"속옷은 이걸 입어주세요!"

"으악! 뭐하는 짓이야! 어떻게 열었어!"

나 방금 문 닫고 잠그지 않았던가? 도대체 어떻게 문을 열었는지 모를 장수원이 정확히 엉덩이에 걸쳐진 내 팬티를 보며 새로운 속옷을 집어 던졌다. 반사적으로 양손으로 그것을 받아든 나는 순간 느껴지는 따가운 시선에 흠칫 흘러내리는 팬티를 잡아당겼다.

"호오⋯⋯."

"거, 거기서 뭐하는 거야!"

다시 문을 열고 밖으로 나가는 장수원의 뒤편에는 여전히 흥미롭다는 듯 이 모든 상황을 지켜보던 나선영의 모습이 닫혀가는 문 사이로 점차 사라져 가고 있었다.

쾅!

그러고는 문이 닫혔다.

"……."

'장가 다 갔네.'

아직 저녁을 먹으러 가지도 않았건만, 벌써부터 속이 더부룩한 기분이었다.

"…그래서 오늘 저녁 식사가 식당에서 하는 게 아니라 선상 파티였다는 거지?"

"뭐, 그런 셈이지."

"그런데 그걸 같이 먹는 당사자한테 지금 와서 말해도 되는 거냐?"

"뭐, 어때. 어차피 알았든 몰랐든 나왔을 거 아니야."

"……."

너무 당연하다는 듯 말하는 나여주의 말에 나는 잠시 할 말을 잃었다. 사실 그게 아니더라도 딱히 반박할 말을 찾을 수 없었다.

만약 뜬금없이 나여주가 선상 파티에 같이 가자고 했다면 나는 분명 거절했을 테지만, 오늘 나를 찾아온 스타일리스트들이며 만약의 경우(?)에 대비한다는 명목으로 함께 와서 주차장에서 대기하고 있던 어깨 넓은 아저씨들을 떠올려 보건대… 분명 자의로든 타의로든 참석했을 게 분명했다.

"게다가 오늘은 네가 반드시 참석해야 하는 날이라고."

"으응? 내가?"

"아가씨, 도착했습니다."

순간 그 의미를 이해하지 못한 내가 고개를 갸웃거리는 사이, 도착을 알리는 목소리가 우리의 대화에 끼어들었다.

고개를 돌리자, 창문을 통해 여유롭게 흘러가는 호화 유람선이 눈에 들어왔다.

그리고…….

"…뛰어내릴까?"

"뭐? 무슨 소리야?"

투다다다다다!

창문 너머, 검은 물결이 넘실거리는 바다가 있었다. 나는 우리가 탄 '헬기'에 비치된 낙하산을 보며 그저 들뜬 음성을 흘렸다.

그때, 나여주를 막고 나를 구원해 준 목소리가 있었다.

[얌전히 있으렴.]

"치이."

단정하고 우아한, 나여주와는 영 딴판인 목소리가 우리가 뒤집어쓴 헤드셋을 통해 흘러나왔다. 그리고 그 목소리를 들은 나여주는 팔짱을 끼며 입술을 삐죽 내밀었다.

"엄만 맨날 얌전히 있으래."

'너를 자식으로 뒀다면 저게 평범한 반응이지 않을까?'

차마 입 밖으론 내뱉을 수 없는 그 말을 속으로 중얼거리며, 나는 속마음과는 다른 말을 중얼거렸다.

"…엄마 말씀은 잘 듣는 게 좋아."

'뭐, 경우에 따라서는 아닐 때도 있지만 대체로 연륜이라는 건 옳기 마련이거든.'

이런 내 말을 들었는지 어쨌는지, 다시 창밖의 풍경에 집중하는 나여주의 뒤통수를 보며, 나는 조금 전 나를 구원해 준 목소리의 주인, 나여주의 어머니를 떠올렸다.

급작스레 정해진 약혼식 때문에 당일 해외에 나가 있어 미처 참여하지 못해 미안하다고 하시며, 나를 보자마자 사과부터 하던 나여주의 어머니는 미인이라는 말이 부족할 만큼 아름다운 분이었다.

우아한 목소리와 고상한 미모, 중년의 나이가 무색한 아름다운 몸매를 가진 그녀의 외모는 파티를 위해 화려한 드레스와 화려한 장신구를 걸치고 있음에도 보석의 빛에 전혀 가려지지 않았다.

살면서 미디어든 현실에서든 많은 미녀들을 봐왔다고 자신하는 나지만, 나여주의 어머니는 그 모든 여자들을 압도하는 아름다움을 갖추고 있었다.

그리고 그것은 단순히 눈으로 보이는 외견상의 아름다움만은 아니었으리라.

'큰 사람의 아름다움이라는 것이겠지.'

그것은 단순히 높은 위치에 있기에 가지는 카리스마 같은 것과는 본질적으로 다른 것이다. 스스로를 높이기보다는 자신의 품을 크게 열어 모두를 감싸 안는 사람의 느낌. 그렇기에 자연스레 흘러나오는 기색.

바로 나여주의 어머니였다.

'뭐, 그런 점을 보자면 나여주 쪽은 영 딴판이지만⋯⋯.'

높은 곳에서 고압적으로 내려다보는 것이 익숙한, 그리고 나에게 있어서도 익숙한, 높은 사람으로서의 카리스마만을 가진 나여주가 과연 그녀와 같은 핏줄인가 의심스럽기까지 했다. 다행히 그녀의 외모만큼은 많은 부분에서 자신의 어머니를 닮아 있었기에 흔히 말하는 막장 드라마에서처럼 혈연관계를 되짚어 볼 필요까지는 없을 듯싶었다.

'그나저나 슬슬 도착인가?'

창밖을 통해 보이는 호화 유람선의 위로 야밤에도 선명히 보이는 헬리포트는 이미 우리의 도착을 연락 받았는지, 여러 사람들이 올라와 헬기의 착륙을 기다리고 있었다.

투타타타타타—

한밤에 마치 환한 대낮처럼 꾸며놓은 헬리포트 위로 먼저 나여주의 부모님이 탄 헬기가 자리를 잡았고, 뒤이어 나와 나여주가 탄 헬기 역시 조금 떨어진 곳에 마련된 또 다른 헬리포트에 착륙했다.

쿠콰콰콰!

'헬리포트가 두 개나 있는 유람선이라니……. 정말 오래 살고 볼 일이네.'

굉음을 내며 천천히 프로펠러를 멈춰가는 헬기 속에서 차분히 바깥을 바라보고 있던 나는, 문득 유람선에 대해 묻고 싶은 게 떠올라 나여주를 돌아보곤 순간 아찔한 기분을 느꼈다.

"…뭐? 왜?"

"…아무것도 아냐."

오늘을 위해 한껏 힘준 머리는 여태껏 헤드셋을 쓰고 있었다는 게 믿어지지 않을 만큼 풍성함과 꼿꼿함을 자랑하고 있었다. 하지만 내가 아찔함을 느낀 이유는 오늘따라 유달리 뾰족한 소라 머리 때문이 아니었다.

'유전자가 무섭긴 무섭단 말이지.'

나는 속으로 혀를 내두르며 머리를 매만지고 있는 나여주를 힐끗 다시 돌아보았다. 평소와는 차원이 다른 미모를 자랑하는 나여주의 모습에 나도 모르게 자꾸만 시선이 갔다.

평소에도 남들을 압도하는 카리스마와 그에 어울리는 미모를 자랑하는 그녀지만, 특징과도 같은 살짝 올라간 눈매를 보정하는 것을 포인트로 평소와는 다른 화장을 한 나여주의 모습은 가히 청순가련한 미의 여신이라고 하기에 부족함이 없었다.

특히나 화장을 통해 한결 둥글둥글한 기운을 풍기게 된 외모는 그녀 어머니의 젊을 적 모습이 저랬을까 싶을 만큼 꼭 닮아 있었다. 때문에 본래 그녀의 도도하고 차가운 성격과 부드러운 아름다움을 흘리는 외모가 합쳐져 더욱 오묘한 분위기를 자아내고 있었다.

"그나저나 꽤나 사람이 많네."

"말했잖아, 우리가 주인공이라고. 그러니 우리 등장에 사람이 몰리는 건 당연하지."

자꾸만 나여주에게로 향하는 시선을 눈치챌까 싶어 일부러 밖으로 시선을 돌리는 말을 했지만, 그녀의 반응은 짤막했다.

'하기사 틀린 말은 아니지…….'

오늘은 나와 나여주가 가짜 약혼을 한 지 3일째가 되는 날이었다.

우리에게야 가짜라고는 하지만 나여주의 집안에서는 공식적인 일이고, 집안사람들에게는 정식 약혼자였으니 이런 집안 행사에 불려 나오는 것이 이상하지는 않다.

하지만 그렇다 해도 돌연 주인공이 된다는 것은 부담스러운 일이었다.

'갑자기 불러내서는 우리 약혼을 정식으로 축하하는 파티를 열겠다니…….'

나여주 아버지의 전폭적인 지휘 아래 추진된 오늘의 파티는 조촐하게 집안사람들만 참여했던 약혼식의 후속 파티였다. 즉, 나씨 가문과 인연이 있는 수많은 정재계 인사가 참석하는 대규모 파티였다.

처음 이 소식을 듣고 난 한동안 얼이 빠질 수밖에 없었다.

나여주의 억지 장단에 맞춰서 한 일이 이렇게 크게 번지게 되다니……. 그렇다고 이제 와 학교를 땡땡이 칠 생각으로 거짓말한 것이라고는 할 수 없었기에, 헬기에 타기 전까지 우황청심환을 몇 개나 삼켜야만 했다.

'그래도 막상 오고 나니 그리 긴장은 안 되네.'

이곳에 오기까지 '지금이라도 뛰어내릴까' 하는 생각을 수도 없이 했지만, 막상 파티 장에 오고 나니 긴장은 사라지고, 오히려 마음이 편해졌다.

자포자기했다고 볼 수 있을지도 모르지만, 그것과는 엄연히 달랐다.

밤바다를 환하게 수놓는 유람선의 조명, 나의 등장을 기다리는 많은 사람의 기대와 의혹 어린 시선들……. 그것은 그 옛날 나에게 있어서는 꽤나 자연스럽고 평범한 일이었기에, 내 몸은 잊었다 생각했던 그 기억들을 꺼내 들며 그날의 모습으로 돌아가고 있었다.

다다다다…….

착륙한 헬기의 엔진 소리가 멎으며 앞선 헬기에서 나여주의 부모님들이 내리는 것이 보였다.

헬리포트 주변에 모여든 사람들이 그들을 향해 웃음 지었고, 헬기 안에서도 잘 들릴 만큼 시원한 박수갈채를 보냈다.

그럴수록 긴장으로 굽었던 내 몸은 곧게 펴지고 늘어졌던 어깨는 당당히 벌어졌다.

조금 전까지 긴장으로 몸을 떨던 평범한 소시민은 온데간데없었다. 어느새 이 분위기, 이 장소에 녹아든 귀공자 하나가 등장할 순서를 기다리며 차분한 눈길로 밖에 선 사람들을 훑어보았다.

"흐응?"

이런 극적인 변화를 나 스스로는 제대로 눈치채지 못했지만, 곁에서 이 모든 것을 지켜보던 나여주는 쉽게 알아차렸다. 나여주가 나를 보며 콧소리를 내며 고개까지 갸웃거렸지만, 나는 바깥에 있는 사람들을 파악하는 데 정신이 팔려 이를 알아채지 못했다.

'저쪽은… 그다지 호의적인 눈길은 아니군. 이곳에 왔으니 나씨 가문과 나쁜 관계는 아닐 테지만 나랑 좋은 관계이긴 힘들 겠어. 저기는… 호기심과 경계인가? 하기사 내 신분에 따라 생 각할 게 많을 테지.'

헬기의 창밖으로 보이는 많은 인간 군상의 표정을 세심하게 살피며 나름대로 추측성 분석을 해나가던 나는 이내 내 어깨를 툭 치는 감각에 퍼뜩 고개를 돌렸다.

"자, 이제 우리 차례야."

"…그래."

고개를 돌린 곳에는 싱글싱글 웃음 짓는 나여주가 있었다. 나 역시 그녀를 향해 가느다란 미소를 지어 보였다.

이미 여기까지 온 이상 돌아갈 방법은 바다를 건너는 것과 이 곳에 적응해 무사히 시간을 보내는 일, 단 두 가지밖에는 없다.

당연히 압도적으로 후자가 쉬울 터, 이미 마음의 준비는 마친 상태였다.

가벼운 손짓으로 준비가 되었음을 알리자, 헬기 밖에서 대기 하던 고용인이 헬기의 문을 열고 앞에 앉은 내가 내리는 것을 도와주었다.

곧장 내 뒤를 따라 나여주가 내리기 위해 몸을 비틀었지만, 몸에 달라붙는 드레스 차림의 나여주가 뛰어내리기엔 헬기의 턱이 높았다.

"뭐야! 빨리 계단 가져와!"

아마도 이런 일이 처음인 것인지 아니면 구비된 간이 계단이 하나뿐이었던 것인지, 헬기에서 내리지 못하는 나여주를 보며 안절부절못하던 고용인은 재빨리 다른 헬기에 설치했던 간이 계단을 가지러 갔다. 하지만 그보다는 이쪽의 해결이 빨랐다.

"흣차!"

"뭐야, 그 소리는? 내가 무겁기라도 한 거야?"

소곤소곤.

나는 나여주를 위해 간이 계단을 가지러 간 고용인의 행동이 무색하게 나여주의 허리를 잡고 가볍게 바닥에 내려놓았다. 하지만 나여주는 그조차 불만이라는 듯 툴툴거렸다.

결국 쓴웃음을 짓고 만 나였지만, 나여주의 손을 잡고 다시 돌아섰을 때는 본래의 옅은 미소를 머금은 모습이었다.

'의심은… 조금 줄어들었나?'

조금 전 나여주를 헬기에서 내려주는 동작이며 손을 잡고 에스코트하는 행동을 할 때, 나는 의도적으로 동작을 크게 해 이런 행동들이 눈에 잘 띌 수 있도록 했다.

그러자 느닷없이 등장한 약혼자라는 존재에 대해 의심을 담고 있던 눈빛들이 한결 누그러졌다. 자연스러운 스킨십과 에스코트를 통해 우리가 단순히 계약 관계에 의한 쇼윈도 커플이 아님을 은연중에 파악할 수 있도록 한 결과였다.

'뭐, 그렇다곤 해도 여전히 의심스럽겠지.'

사실 이 정도의 액션은 얼마든지 꾸며낼 수 있는 바, 의심을 벗기엔 터무니없이 약한 증거들이다. 특히나 나씨 가문의 후계자 위치에 있는 나여주와 관련된 이상 이보다 많은 것을 보여줘야 이곳에 모인 이들로부터 인정을 받을 수 있을 것이다.

'너무 깊은 사이로 오해받지 않는 게 나나 애한테도 좋겠지만.'

하지만 그렇다고 이러한 연기를 소홀히 할 생각도 없었다.

나를 이곳에 부른 나여주 아버지의 깊은 의도까지는 파악할 수 없다.

하지만 나와 나여주의 약혼을 공식적으로 소개하는 자리를 마련했다는 것, 그리고 뭐가 어찌 되었든 결국 나여주를 위해 꾸며진 자리라는 것. 이런 자리에서 내 실수로 나여주나 그녀의 부모님께 폐를 끼치고 싶지는 않았다.

'내가 최대한 잘해줘야겠지.'

이러한 자리에 참석한 것은 꽤나 오래전의 일이지만 나름 자신이 있었다.

이런 곳에 참석하는 이들의 특징은 자신들의 문화에 애착이 강하고, 고리타분한 전통 등을 중시하는 것이다. 지금이라고 한들 옛날과 그 문화가 크게 달라질 리 없었다.

"그렇다고 해도 나중을 생각해야겠지."

"응? 뭐라고?"

최고의 미모를 뽐내며 인파를 향해 작은 고갯짓으로 연신 인사를 하던 나여주는 나의 중얼거림에 속삭이듯 물었다.

나는 내 실수에 당황해하면서도 그녀의 물음을 못 들은 척, 작게 고개를 끄덕이는 것으로 우릴 보는 사람들에게 인사를 전했다.

그에 나여주 역시 나를 따라 고개를 숙였다.

"너… 이따가 자세히 물어볼 거니까."

소곤소곤.

흠칫!

나여주는 고개가 숙여져 얼굴이 살짝 가려진 틈을 타, 내 귓속에 때려 박듯 살벌한 말투로 위협했다. 하지만 다시 고개를 들 무렵에는 그 무서운 기세는 다 어디로 갔는지, 다시 지상에 현신한 미의 여신의 자태로 주변 사람들에게 미소를 짓고 있었다.

'무서운 녀석……'

나는 그런 그녀의 재빠른 변화를 보면서 속으로 혀를 찼다. 하지만 그러는 나 역시도 그녀와 크게 다르지 않은 모습이었기에 조용히 그녀가 조금 전의 대화를 잊어주기만을 빌 뿐이었다.

그때, 이런 우리의 모습을 가만히 지켜보던 나여주의 아버지가 목소리를 높였다.

"자, 여러분. 인사는 그쯤 하시고 모두 아래 연회장으로 내려가죠. 그곳에서 정식으로 인사를 드리는 게 좋을 것 같습니다."

하나하나 눈을 마주치며 가벼운 인사를 하는 우리의 모습이 앞으로도 한동안 계속될 것이라 느낀 것인지, 시의적절하게 상황을 마무리하는 나여주 아버지의 행동은 '과연'이라는 말이 절로 나올 만했다. 아주 자연스럽게 군중을 제어하고 있었다.

우르르르.

금세 사람들이 유람선의 최상층 양옆으로 난 계단을 통해 썰물 빠지듯 아래의 연회장으로 향해 사라졌다. 그 뒷모습을 보며 내가 약간 지친 표정을 짓고 있을 때, 어느새 다가온 나여주의 어머니가 나를 향해 말을 걸어왔다.

"호호, 이런 자리는 익숙하지 않은가 봐요?"

"하하……. 익숙하지 않다…기보다는 한동안 기회가 없었어서."

나는 나름 진실과 거짓을 섞어 미적지근하게 둘러말했다. 아직까지 제대로 알려지지 않았을 내 신분을 위장하기 위한 최선의 선택이었지만, 이러한 작은 대화조차도 여자의 직감과 오랫동안 사람을 다뤄온 이가 보기에는 허술한 부분이 있는 모양이었다. 나는 나여주의 어머니가 날카롭게 눈을 빛내고 있음을 눈치채고 급히 시선을 돌렸다.

"후후, 그렇다면야 크게 걱정할 건 없겠네요. 그래도 불편한 게 있다면 꼭 말해줘요. 대로 군."

"예, 어머님."

'이 집안사람들은 여러모로 힘드네.'

여태 좋은 사람으로 생각던 나여주의 어머니조차도 사실 인자한 미소 뒤에 날카로운 시선을 감추고 있음을 깨달은 내가 속으로 한숨을 쉬는 사이, 이런 나를 돕기 위함인지 나여주의 아버지가 나섰다.

"자, 당신도 빨리 내려가지. 그래야 애들도 준비를 좀 할 게 아닌가."

"호호, 당신 말이 맞네요. 그럼 밑에서 봐요, 대로 군."

"예."

환한 미소를 지으며 사람들이 내려간 계단을 통해 사라지는 부부의 뒷모습을 보면서 나는 그제야 크게 한숨을 내쉴 수 있었다.

"후우……."

'그나마 아버님 쪽이 직설적인 면이 있으신 게… 대하기가 편하네.'

여전히 이 파티를 꾸민 아버님의 진정한 목적은 알지 못하지만 가벼운 질문으로 은근슬쩍 나를 떠보고자 하는 나여주의 어머님은 물론, 여러 감정 섞인 시선으로 나를 쳐다보던 사람들에 비하면 차라리 행동으로 자신의 의도를 보여주는 아버님 쪽이 훨씬 상대하기 편했다.

누가 뭐래도 행동에는 나 역시 행동으로 부딪히는 것으로 대응이 가능하니 말이다.

"뭐야? 벌써 지쳤어?"

"…네가 내 입장 돼봐라."

"글쎄……. 나는 예전부터 자주 이런 데 와서 그런가, 잘 모르겠는데."

나여주는 이해할 수 없다는 듯 고개를 갸웃거리며 대꾸했다. 그 천진한 모습에 피식 가볍게 웃음 지은 나는 고개를 흔들며 나여주를 계단으로 이끌었다.

"일단 우리도 내려가자, 그래야 아버님 말처럼 뭐든 준비를 하지."

"무슨 준비?"

"…뭐, 마음의 준비라든가."

실없는 소리를 하며 계단을 내려가는 나는 알지 못했다.

나름대로 신뢰를 갖고 있던 그녀의 아버지가 사실 이곳에 모인 이들 중 가장 음흉한 속내를 감추고 있다는 것을 말이다.

연회장에 마련된 단상 뒤편, 무대 대기실. 대로와 나여주보다 먼저 그곳을 찾은 나대주, 나여주의 아버지는 미리 대기 중이던

부하에게 스치듯 물었다.

"그래, 아직까지 별다른 말은 없나?"

"네. 아무래도 아직 가까이서 본 사람이 별로 없는 탓인지……."

오늘을 위해 특별한 고용인들과 그들을 총괄하는 이 부하에게 여러 번 엄중한 경고를 줬던 만큼 저 말에 한 치의 거짓도 있을 수 없을 터. 아직까지 아무런 소득이 없다는 부하의 말에 나대주가 노골적으로 실망한 표정을 지었다.

"그래, 하기사 첫술에 배부를 수는 없겠지. 어쨌든 파티 내내 주변 얘기들을 귀담아듣도록 하고, 사소한 이야기라도 박대로라는 녀석과 관련이 있다면 하나도 빠짐없이 보고하도록."

"네. 알겠습니다."

절도 있게 대답하는 부하의 목소리를 들으며 손짓으로 그를 대기실 밖으로 내보낸 나대주는 고민 섞인 표정으로 턱을 괴고 있다가, 마침 대기실에 들어온 그의 부인 정선혜를 웃는 낯으로 맞았다.

"오, 이제야 왔군."

"호호, 이제야라고 하기엔 너무 금방 아니었나요?"

그녀의 말마따나 나대주가 그녀와 떨어져 있던 시간은 고작해야 일이 분 정도로, 얼굴에 무언가 묻었다는 나대주의 말에 화장을 고치고자 화장실에 잠시 들렀다 나온 시간이었으니 말이다.

"그, 그런가?"

"후후, 당신은 정말 거짓말이 서툴다니까."

정확히는 부인인 그녀에게만 서툰 것이지만, 나대주는 딱히 부인하지 않았다.

그사이 당황해하는 나대주를 보며 눈을 빛낸 그의 부인이 반짝반짝, 호기심 가득한 눈으로 그를 올려다보며 물었다.

"그래서? 오늘은 무슨 꿍꿍이예요? 바쁜 거 뻔히 알면서 나까지 불러내고."

"크흠, 꿍꿍이라니……. 그저 오늘 당신에게도, 그리고 우리 계열사 쪽의 유력 인물들한테도 여주의 약혼자를 소개시켜 줄 필요가 있을 거 같아서 그렇지."

"흐응, 정말 그것뿐?"

"그렇다니까. 그렇지 않아도 당신이 약혼식 날 참석하지 못해서 여주가 얼마나 섭섭해했는데."

"흐으응."

이번에도 빤히 드러나는 거짓말이다.

정선혜는 작게 미소를 지었다. 그녀의 딸 나여주는 겉으로 드러내는 행동에 비해 마음이 여리긴 하지만, 그렇다고 그런 '소소한' 행사에 제 엄마가 없었다고 섭섭함을 대놓고 드러내는 아이가 아니었다.

아니, 오히려 매번 바쁜 일로 얼굴을 마주 보기 힘든 모녀인 만큼 엄마가 없는 것에 더 익숙한 아이였다.

'그래서 아빠한테 더 많이 떼를 쓰게 되긴 했지만……'

찔러도 피 한 방울 안 나올 거 같은 냉철한 외모에 비해 실제론 팔불출, 딸 바보에 속하는 나대주는 엄마 없이(?) 자라난 딸의 부탁을 언제나 흔쾌히 들어줘 왔고, 그 결과 지금의 안하무인의 나여주가 탄생한 것이기도 하다.

"뭐, 정훈 씨가 방금 이 방에서 나오는 걸 보긴 했지만… 뭐 그런 걸로 해둘게요."

뜨끔.

정훈은 조금 전 이곳에서 대기하고 있던 나대주의 직속 부하의 이름이었다.

십 년이 넘도록 그의 밑에서 여러 일 처리를 해주는 그는 가족들 사이에서도 친숙한 존재였다.

"뭐, 그래도 결과는 알려줄 거죠? 어차피 안 알려주면 정훈 씨한테 물어볼 거니까."

"크흠……"

정훈은 나대주의 직속이긴 하지만 그런 나대주를 마음껏 주무르는 여사님이다. 그가 사모님인 자신의 말에 거역할 확률은 제로라고 할 수 있었다.

'무슨 일인지는 대충 알 것 같지만.'

당혹해하는 나대주를 귀엽다는 듯 쳐다보며 빙긋 웃는 그녀의 얼굴은 나이에 어울리지 않는 천진난만한 모습이었지만, 머리는 어느 때보다도 맹렬하게 돌아가고 있었다.

가족인 그녀에게조차 알리지 않는 나대주의 계획이 무엇인지 유추해 나가는 중이었기 때문이다.

'뭐 그 박대로라는 아이 때문일 테지.'

근래에 무언가 중요한 일이 있었다고 한다면 갑작스레 등장한 박대로라는 딸의 약혼자밖에는 없었다.

특히나 그간 집안 사정에 의해 정략 약혼과 파혼을 반복하면서 이런 일에 흥미를 잃어버린 딸이 직접 선택한 약혼자라는 점은 집안에 꽤 큰 파문을 일으키기까지 했다.

'하지만 그에 비해 알려진 게 하나도 없으니까 말이야.'

그것은 대단히 놀라운 일이었다.

박대로라는 이름이 집안에 알려지기 무섭게, 콧방귀 좀 뀐다 하는 나씨 문중의 모두가 각자의 정보망을 이용해 박대로라는 사람에 대해 조사를 했다. 그러나 그들이 건질 수 있었던 건 아주 간단한 신상 정보뿐, 정작 원하는 내용은 아무것도 찾을 수 없었다.

고요한 연못에 진흙탕을 피워낸 작은 미꾸라지는 놀랍게도 나씨 가문의 정보망 바깥에 존재하고 있었던 것이다.

'그런 면에서 보면 단순한 미꾸라지가 아닐 가능성이 높지.'

특히 가문 최고의 권력자인 나대주의 부인으로서 나대주가 가진 음지의 힘에 대해서도 속속들이 알고 있는 그녀는 나대주가 가장 자신하는 국내 최고의 정보 요원을 쓰고도 박대로에 대해 알아내지 못했다는 것을 알고 있었기에, 그 놀라움이 더욱 컸다.

그렇기에 그녀는 오늘 박대로와의 만남에 큰 기대를 가지고 있었다.

자그마치 나씨 가문을 뒤흔들어 놓은 꼬마에 대해 짙은 호기심을 갖게 된 것이다.

'겉으로는 평범해 보였지만……'

오늘 처음 만난 박대로라는 소년은 그녀 앞에서 쭈뼛거리는 평범한 남자들과 별다를 바 없는 모습이었기에, 솔직히 말해 그녀는 실망했다.

정선혜는 아마도 박대로 스스로의 특별함이 아니라 그의 뒷배경의 특별함이 모두의 관심을 끌고 있는 것이리라 지레짐작했다.

그런데 이곳에 도착했을 때 그런 생각은 씻은 듯이 사라졌다.

과하지도 모자라지도 않은 적당한 리액션과 좌중을 아우르는 부드러운 시선, 자연스레 딸을 에스코트하는 모습, 익숙하다는 듯 흘리는 작은 미소까지, 단순한 연기라기엔 명가의 자제만이 가지는 품격이 흘러나왔다.

평소에는 평범한 모습이지만 중요한 자리에서는 본래의 모습을 발휘하는 소년.

그것은 마치 어릴 적 보았던 만화영화의 주인공의 모습 같았다. 사라진 줄 알았던 소녀의 마음이 콩닥콩닥 뛸 지경이었다.

'과연 본무대에선 어떤 모습을 보여줄까?'

이제 얼마 남지 않은 정식 소개 시간.

박대로라는 소년이 보여줄 모습에 한껏 부푼 기대를 안고 그녀는 방긋방긋 웃었다.

그리고 이런 부인의 모습을 멍한 눈으로 쳐다보며 생각에 잠긴 나대주.

그 역시도 박대로에 대해 생각하고 있었다.

'아까 헬기에서 내렸을 때의 그 모습…… 평소와는 딴판이었지. 연기라기엔 너무 자연스러웠어. 아마도 그게 본모습일터. 이번에야말로 밝혀내 주지!'

우연히도 그는 마침 부인과 같은 장면을 떠올리고 있었지만, 그가 생각은 그의 부인과는 여러모로 반대에 위치해 있었다.

그가 데리고 있는 직속 정보원을 통해 물리적 증거를 찾도록 지시한 나대주였지만, 딸을 둔 아비 입장으로서 언제까지고 부하가 정보를 가져다주기를 기다릴 수만은 없는 법. 그는 박대로의 정체를 밝히고자 나름대로 머리를 써 오늘의 자리를 마련했다.

오늘 이곳에는 가문과 연계된 수많은 정재계 인사들이 모여 있었고, 그들의 인맥은 국내는 물론 해외로까지 잔뜩 뻗어나가 있었다.

박대로가 정말로 존재하는 인물이라면 이 자리에서 누군가 한 명쯤은 그를 알아보는 사람이 있을 것이 틀림없었다.

물론 박대로가 사기꾼이거나 특별한 목적이 있어 접근한 것이라면 못 알아볼 가능성도 있겠지만, 그건 그거대로 정보가 될 수 있을 터. 어느 쪽이든 박대로의 정체에 접근할 수 있는 단서가 될 수 있었다.

'좋아, 기대가 되는군.'

아직은 파티의 초반부, 현재로선 건진 정보가 없지만 정식으로 자신을 소개하는 자리까지 가게 된다면 어떤 식으로든 자신의 정보를 흘릴 수밖에 없을 터였다.

"정말… 기대돼."

"당신도 그렇죠?"

음흉한 미소를 흘리며 중얼거리는 나대주와 맑은 웃음을 짓는 부인 정선혜.

각자의 기대를 담은 선상 파티가 지금 막 시작되었다.

글로리아 컴퍼니의 떠오르는 핵, 리버스 라이프 운영 개발 부서.

그곳의 가장 상석에는 다리를 꼬아 책상 위에 올린 박중혁 부장이 쇄도하는 문의 글에 Ctrl+C, Ctrl+V를 반복하며 여유로운 저녁을 보내고 있었다.

호로록.

조금 전 저녁 식사를 마치고 자판기에서 갓 뽑은 커피를 마시며 식후의 티타임을 즐기던 이때, 구석에 치워놓은 모니터에 떠오른 문자에 박중혁 부장이 종이컵을 구겼다.

"아나, 이거 자꾸 뭐야?"

평소 별다른 변경 사항이 없어 구석에 따로 치워 놓은 모니터와 컴퓨터 한 대. 큰 성능을 요하는 작업을 하는 것도 아니기에 주로 사용하는 메인 컴퓨터에 비해 성능이 떨어지는 본체를 장착한 그것은 최근 며칠간 대량의 업무 진행을 하며 많은 변화를 맞았다.

"왜 그러십니까, 부장님?"

때마침 박중혁 부장 앞을 지나던 사원이 그를 향해 물었지만, 박중혁 부장은 찡그린 얼굴로 손을 내저을 뿐, 대답을 하지 않았다.

결국 어깨를 으쓱이며 자리를 비킨 사원의 뒷모습을 지그시 바라보던 박중혁 부장은 이내 자세를 바로 하고 새로운 문자열

이 나타난 모니터에 두 눈을 집중했다.

"아오, 또 어떤 놈이 자꾸 내 아들놈 뒤를 파고 다니는 거야?"

박중혁 부장의 아들놈이라 함은 몇 년 전 그가 호프집에서 주워온 박대로를 일컫는 말이다. 비록 머리가 다 큰 놈을 데려다 부려먹을 생각으로 데려온 것이지만, 어느샌가 진짜 부자보다 더 부자 같은 관계가 된 두 사람이었다.

그리고 그동안 박중혁 부장은 대로의 신상 등을 여러 가지로 조작했다. 그것은 최고의 컴퓨터 기술자이자, 현존하는 최고의 가상현실 게임을 개발한 그에게 있어 그다지 어려운 일이 아니었다.

물론 급격히 전산화된 국가의 정보 체계와 허술한 공무원들의 일 처리 덕분에 가능한 일이긴 했지만, 어쨌거나 그 주축이 된 것은 세계 최고의 해킹 능력을 지닌 박중혁 부장의 힘이었다.

그렇기에 대로는 몇 년 동안 아무런 문제없이 박중혁 부장의 아들 노릇을 할 수 있었고, 지금은 본인 명의로 된 집이 있을 만큼 일상생활에도 아무런 문제가 없었다.

그런데 그런 대로가 고등학교에 들어간 이후 조금씩 문제가 생기기 시작했다.

국내 유수의 명문 학교들 중에서도 수위에 꼽는 동해고등

학교.

대로의 집과 가깝다는 이유로 겸사겸사 입학시킨 것이었는데, 전례 없는 편입생 사건으로 인해 학교에 소속된 권력가의 자제들이 대로를 견제하고자 그에 대해 파고들었다. 심지어 학교에서도 자체적으로 대로에 대해 조사를 했다.

다행히 그들 중 그 누구도 대로의 진정한 정체를 알아차린 사람은 없었다.

자신이 조작한 정보가 완벽하게 먹혀 들어가고 있음을 확인한 박중혁 부장이 한동안 마음을 놓고 있던 사이, 어디서 들어왔는지 모를 쥐새끼 하나가 대로의 정보가 조작되었음을 확인하고 돌아간 것을 뒤늦게야 발견했다.

물론 삼중, 사중의 보안과 함정, 그리고 박중혁 부장이 직접 짠 조작 정보가 있었기에 정확히 어떤 부분이 어떻게 조작되었는지도 알 수 없었을 테지만 그것이 인위적으로 만들어진 내용임은 알았을 게 분명했다.

정확한 영양 성분이야 모르지만, 마치 흔들어보고 안쪽이 삶은 달걀인지 날달걀인지는 알았다고나 할까?

딱 그 정도의 정보 노출이었다.

이런 노출 흔적을 발견한 박중혁 부장은 그날로 곧장 정보를 보완하고 보안 수위 높이기에 힘썼다. 다행인지 불행인지 때마침 수십 마리의 쥐새끼가 달려드는 것을 발견하고 모두 처리할 수 있었다.

하지만 그 덕에 또 다른 문제가 생기고 말았다.

'동시다발적으로 달려드는 바람에 이전의 그 쥐새끼인 줄 알고 모두 힘 싸움으로 쫓아낸 게 문제였어.'

대로의 정보를 보호하기 위해 그때 달려든 모든 해커들을 힘으로 밀어냈는데, 그로 인해 오히려 그때 달려든 녀석들이 모두 박중혁 부장에 대해 알게 되었다. 즉, 대로의 정보에 누군가 개입하고 있다는 것을 시사하는, 또 다른 정보를 주고 만 것이다.

물론 그들의 실력이야 박중혁 부장에 비하면 형편없는 만큼 지금은 물론, 앞으로도 전혀 걱정할 필요가 없다.

문제는 첫날에 다녀간 쥐새끼였다.

수년 전 만들어놓은 프로젝트를 비집고 들어간 그 운 좋은 쥐새끼는 다른 놈들보다 조금 더 깊이까지 들어갔던 만큼, 만일 나라의 높으신 분과 연계됐을 경우 전산으로 처리가 불가능한 부분을 통한다면 대로의 정체가 밝혀지지 않으리란 법도 없다.

'설마 그럴 가능성이야 정말 요만큼도 없겠지만……'

손톱 밑의 때를 긁어내며 인상을 찌푸린 박중혁 부장이었지만, 그럼에도 아들과 관련된 이 일에 대해 불안감이 드는 것은 어쩔 수 없었다.

결국 크게 한숨을 내쉰 박중혁 부장이 투덜거렸다.

"어휴, 이놈의 자식. 어디서 뭘 하고 다니길래 이렇게 달라붙는 놈들이 많은 거야? 진짜 이번 건수만 지나가 봐라."

'아주 그냥 혼자 살고 있는 집에 쳐들어가서 라면 끓여 먹고 설거지도 안 하고, 음식물 쓰레기도 안 버리고, 분리수거도 안 하고, 빨래도 엉망진창으로 벗어놓을 테니까.'

투덜투덜.

감히 아버지의 즐거운 티타임을 방해한 대가로 대로에 대한 무시무시한 복수를 꿈꾸며, 박중혁 부장은 그러는 와중에도 새롭게 등장한 수백 마리의 쥐새끼들을 노련하게 잡아냈다.

'…진짜 별일 없는 거겠지?'

무심하게도 연락 한번 없는 아들을 떠올리며 근래에 울려본 적 없는 휴대폰을 지그시 노려보던 박중혁 부장은 다시 모니터에 집중했다.

군데군데 자리가 빈 운영 개발 부서의 사무실.

딸각, 따각.

아들을 향한 걱정을 담은 마우스 소리만이 조용히 울려 퍼졌다.

Chapter 3

내가 모르는 나의 잘못에 대하여

"…그러면 이 뒤는 파티를 즐기며 천천히 알아가는 것으로 하겠습니다."

사회자의 진행과 함께 멋쩍은 표정으로 작은 단상 위에 서 있던 나와 나여주는 그제야 한시름 놓았다는 듯 사람들에게 보이지 않게 작게 한숨을 쉬며 내려올 수 있었다.

"휴우, 드디어 끝이네."

"어휴, 너 땜에 이게 무슨 고생이야."

파티의 시작 직후 시작된 우리의 약혼식 겸 소개는 참으로 간결하게 진행되었다.

약혼식이야 이미 나여주의 집에서 한차례 치렀던바, 이곳에 모인 손님들에게 보여주기 위한 행사인 만큼 질질 끌 필요가 없다. 행사는 상당히 간결하게 진행되었다.

물론 뜻하지 않게 약혼반지를 다시 끼우곤 나여주와 약혼 관계에 있음을 깨달은 내가 잠시 멍해 있는 바람에 약간 소란이 일기도 했지만, 그것은 사회자의 유머로 자연스럽게 넘어갈 수 있었다.

하지만 약혼식이 끝나기 무섭게 시작된 소개 때는 여러모로 곤혹스러운 일이 많이 있었다.

'설마 하니 그 순간에 본적을 물어볼 줄이야……'

이미 잘 알려진 나여주에 대해서는 소개 과정에서 아무런 소음도, 질문도 나오지 않았지만, 내가 이름과 나이를 끝으로 소개를 끝마치자 동시다발적으로 질문들이 쏟아져 나왔다. 그리고 그중에는 내 본적을 묻는 질문도 있었다.

질문이 많을 것은 예상했던 만큼 이를 위해 다양한 변명과 거짓말을 준비해 둔 나였지만, 그 질문만큼은 멈칫할 수밖에 없었다.

사실 나 역시도 본적에 대해서는 몰랐기 때문이다.

애당초 신상과 관련한 내용은 '신비주의 콘셉트'라는 핑계 아래 전부 애매모호하게 넘기거나 거짓말로 때우는 것으로 마무리했지만, 본래 거짓이란 약간의 진실이 섞여야만 빛을 발하는 법이다.

내가 준비한 거짓말은 모두 아주아주 약간의 진실에 살을 보태 만든 것으로, 질문에 비해 내용이 부실할 뿐 조금이나마 답변이 되는 것들이었다.

하나 본적이라 함은 두루뭉술 넘기기에는 너무 직설적인 물음이었다. 심지어 스스로도 본적을 모르니 대답하기 더욱 난감해진 것이다.

'뭐 모르기도 했지만… 그보다는 본적이란 것이 두 개니까 말이지.'

박대로 이전의 본적은 강요와 강제 속에 뼈에 새겨진 바 정확히 알고 있지만, 박대로의 본적은 언제나 스리슬쩍 넘어가는 아버지에 의해 들어본 적 없었기에 알고 있지 못했다.

덕분에 단상에서 우물쭈물하게 된 나는 일순 쏟아지는 의심의 눈초리에 당황할 수밖에 없었다.

이곳에 모인 이들은 모두 각자의 핏줄을 누구보다 중시하는 이들, 그런 그들 앞에서 자신의 본적을 제대로 밝히지 못한다는 것은 의심을 사기에 딱 좋은 일이기 때문이다.

만일 그때 나여주가 나서지 않았다면 뒤집어지고 남았을 것이다.

— 여러분, 이 사람이 외국에서 오래 살다가 온 덕분에 그런 부분을 많이 헷갈려 합니다. 너그러이 이해해 주셨으면 해요.

오늘따라 유달리 더욱 아름다움을 뽐내는 그녀는 묵직한 카리스마와 부드러운 포용의 기운을 모두 갖춘 완벽한 미의 여신이었다. 그런 그녀가 미소를 지으며 차분히 말하자, 나의 침묵으로 인해 웅성이던 사위는 삽시간에 고요해졌다.

그녀의 은근한 압박이 여기 모인 이들의 의문을 해소시킬 만한 강력함을 갖춘 것은 아니었지만, 어쨌거나 이들은 모두 나씨 가문과 직간접적으로 다양한 관계를 맺고 있는 이들이다. 굳이 나씨 가문의 후계자가 하지 말라는 대목에 끼어들어 미움을 살 필요 없다고 판단했으리라.

특하나 그 후계자의 부모이자 현 나씨 가문의 가주인 나대주가 보는 앞이라면 더욱 말할 필요도 없었다.

물론 당사자인 나대주는…….

'제발 더! 더 압박해! 뭐라도 불게 하란 말이야!'

냉정해 보이는 표정과 달리 손님들이 조금이라도 더 대로를 압박하기를 바라며 안달복달하고 있었지만 말이다.

어쨌거나 나여주 덕분에 소란을 진정시킨 이후에는 미리 예상한 범위의 질문들이 이어졌고, 간혹 두 사람의 관계에 대한 짓궂은 질문이 나올 때면 오히려 적극적인 스킨십을 보이는 것으로 그들의 의심을 해소시켜 나갔다.

"협조해 준 덕분에 잘 끝났으니……. 고맙다."

"흥, 오늘의 은혜는 반드시 몸으로 갚게 할 거니까 기대하라고."

소곤소곤.

단상을 내려오며 속삭이는 우리 둘의 모습은 다른 사람들이 보기에 밀담을 나누는 연인과도 같아 보였다. 그것으로 나를 향한 의심들을 조금은 떨쳐 낼 수 있었지만, 그렇다고 단상에 있는 내내 이름과 나이 외엔 두루뭉술한 답변밖에 하지 않은 나를 향한 의혹이 모두 벗겨진 것은 아니었다.

'어휴, 저 눈들 좀 봐라. 뚫어지겠다, 뚫어지겠어.'

등판에 내리 꽂히는 날카로운 시선들을 피해 슬쩍 몸을 튼 나였지만, 이 시선들이 각자가 원하는 대답을 얻을 때까지 결코 떨어지지 않을 것임을 잘 알고 있었다.

이런 이들이 원하는 것에 대해 보이는 집착은 결코 보통 사람의 머리로는 짐작할 수 없을 만큼 지독한 경우가 많으니 말이다.

'하지만 방법이 없는 건 아니지.'

내가 선택한 방법은 하나, 버티는 것.

이들이 보내는 의혹의 시선은 사실상 내가 나여주의 약혼자라는 지위에 있기에 존재하는 것들이었다. 그 말인즉슨 내가 약혼자 자리에서 물러난다면 이들의 시선 역시 자연히 사라진다는 의미이기도 했다.

'조금만, 며칠만 더 버티자.'

약혼 당일 나여주가 말하기론 다음 주에 파혼을 할 생각인 듯했다.

물론 나는 나여주를 위해 한 달 정도는 더 약혼자 행세를 해 줄 생각을 했지만, 오늘 이런 자리에 오고 나니 지금 당장이라도 파혼을 하고 싶은 마음이 굴뚝같아졌다.

그리고 나여주 역시 나와 크게 생각이 다르지 않은 듯, 방금 전에는 그녀로서는 드물게 이 자리에 끌어들인 것에 대해 사과하기까지 했다.

물론 그게 사과가 맞나 싶을 만큼 무미건조하게 던진, 지나가는 듯한 한마디이긴 했지만.

그래도 그게 자존심 강한 그녀의 사과 방식임을 이미 저번 보디가드를 동원한 사과 사건(?)을 통해 파악하고 있는 나로선 그저 고개를 끄덕일 수밖에 없었다.

"아, 그래. 그냥 헤어지는 것보단 그게 좋겠어."

"…뭔 소리야 갑자기."

나여주와의 파혼 생각에 한창 빠져 있던 그때, 머릿속으로 스쳐 지나가는 아이디어에 눈을 빛낸 나는 곁에 선 나여주의 귓가에 속삭였다.

"아무래도 나랑 네가 갑자기 파혼을 선언하면 그것조차 무언가의 위장으로 생각할 사람이 여기엔 널렸잖아."

끄덕끄덕.

나여주 역시 내 말에 심히 공감한다는 듯 고개를 마구 끄덕였다. 의미심장한 미소를 지어 보인 내가 웃는 낯으로 계획을 설명했다.

"그러니까 여기서 하나 고르는 게 어때? 여기서 운명의 상대를 만났다, 새로 좋아하는 남자가 생겨서 나를 차버렸다는 설정인 거지."

"…뭐?"

"그러니까, 그냥 아무 이유도 없이 우리가 헤어지면 의심받을 게 뻔하잖아. 뭔가 구실을 만들자는 거야. 그게 아무래도 낫지 않겠어? 게다가 잘 봐봐. 여기 다 잘난 남자들뿐이잖아. 거기에 너희 집안이랑 인연도 있다면, 아무래도 미래의 남편감도 이 중에서 나올 가능성이 높잖아. 기왕 꼽는 거 네 손으로 직접 뽑아서 키우면… 케헥!"

퍼억!

아름다운 선율이 흐르는 선상 연회장에 어울리지 않는 경박한 신음 소리와 타격음이 울려 퍼졌다. 하지만 그것은 노련한 나여주의 힘 조절에 의해 우리 주변을 벗어나지 않았고, 음악 소리에 묻혀 사라져 갔다.

"으윽……. 왜, 왜?"

"네가 뭘 잘못했나, 다시 생각해 봐!"

남자 친구에게 화난 여자 친구의 전형적인 레퍼토리가 펼쳐졌지만, 나로선 아무리 생각해도 스스로의 잘못을 깨달을 수 없었다.

최소한 경험에 빗대어 볼 때, 내가 한 말에는 틀린 말이 없었다.

물론 우리가 헤어지는 데 이유가 생긴다고 해도 이 바닥의 늙은 괴물들이라면 더 파고들고도 남을 것이다. 하지만 어쨌거나 아무런 이유도 없이 헤어지는 것보다는 훨씬 납득이 갈 만한 명분이었다. 그뿐인가? 이런 식으로 남자를 멋대로 차고, 또 사귀더라도 흠이 되지 않을 만한 힘이 나여주에겐 있었다.

'그렇게 된다면 뒷말은 좀 있을 테지만……'

하나 당장 내 발등에 불이 떨어졌는데 그런 것을 신경 쓸 수 있겠는가.

나 역시 처음에는 나여주의 소문이 안 좋아지는 것을 걱정하여 한 달가량 시간을 두고 파혼을 생각했다.

하지만 약혼을 하고 단 삼 일 만에 이런 자리에 불려 나와 식은땀을 흘려야 한다니.

만일 이대로 한 달을 보낸다면 그사이에 이와 같은 일이 얼마나 더 있을지도 모를 일이었다. 게다가 약혼하던 날, 나여주는 본인 스스로 다음 주쯤 파혼 예고를 하지 않았던가? 그럼 결과적으로 나도 좋고, 나여주도 좋은 일이다.

물론 가짜로나마 새로운 연인이 생긴다는 것에 거부감이 있을지도 모르지만, 아까 말했듯 이곳에 모인 사람들 중 젊은 축에 속하는 인물은 모두 나여주의 신랑 후보라고 해도 과언이 아니었다.

나씨 가문과의 확실한 협력 관계를 구축하고자 하는 이들은 물론이고, 당장 나여주의 미모에 반한 녀석들도 수두룩하다. 약혼자인 내가 함께한 자리임에도 눈에 탐욕을 숨기지 않는 녀석들이 잔뜩 있었다.

'꽤 불쾌한 일이긴 하지만… 나여주라면 충분히 그럴 만한 가치가 있는 녀석이니까…….'

약혼자 입장에서 불쾌한 시선들이긴 했지만 나는 그들을 충분히 이해했다.

나씨 가문쯤 되면 무릎 꿇고 집까지 기어오라고 해도 그렇게 가서 청혼할 녀석들이 한 트럭은 될 것이다. 더욱이 결혼 대상이 저런 미인이라면 약혼자가 있다고 한들 욕심을 내는 것이 당연한 것이다.

'흠… 그래도 좀 기분 나쁘네.'

분명 이성적으로 이들의 탐욕 어린 시선을 이해하고는 있지만, 어째선지 여기 모인 녀석들이 나여주 옆에 서서 웨딩 로드를 밟는다고 생각하니 잘은 모르겠지만 배알이 꼴리고 심사가 뒤틀리는 기분이다.

'아니, 아니야! 내가 뭔 생각을 하는 거람.'

절레절레.

오르지 못할 나무를 쳐다보지 않는 것이 삶의 지혜이듯, 결말이 뻔한 이야기는 생각지 않는 게 상책이었다.

지금은 이성적으로 생각할 때.

나는 복잡한 상념을 뒤로하고 마음을 차분히 가라앉혔다.

'나여주네 집안이 외부로 발을 넓히느라 외부인을 남편감으로 들이지만 않으면 이곳에서 신랑감이 나오는 건 확실하단 말이지.'

주변을 둘러보니 언젠가 텔레비전이나 인터넷 기사를 통해 한 번쯤 봤을 법한 얼굴들이 모두 나와 나여주에게 시선을 집중하고 있었다.

아마 여전히 의혹투성이인 나나 우리의 약혼이 가지는 의미에 대해 알고 싶어 하고 있을 것이다. 하나 이곳에 모인 이들의 굉장한 면면이 역으로 그 누구도 함부로 나설 수 없는 상황을 만들고 있었다.

그러나 이것도 그리 오래가지 않으리라.

'그렇다면… 내가 그 시간을 이용해 주지.'

본래대로라면 나와 나여주는 한쪽에 우두커니 서 있는 나여주의 부모님 쪽에 합류하여 다른 사람들과 교류를 나누는 식으로 파티를 진행해야만 한다. 하나 이미 여기서 큰 사고를 한 번

치기로 결심한 나는 보무도 당당하게, 그와는 정반대 방향으로 걸음을 옮겼다.

"어, 어? 너 어디 가?"

이런 나의 당당한 행보에 내게 끌려 나온 나여주는 뾰로통한 얼굴을 하고 있다가 놀란 듯 물었다. 우리를 주목하고 있던 인물들 역시 놀란 눈으로 나의 움직임을 지켜봤다.

'좋아, 잘 보라고.'

용기 있는 자가 미인을 얻는다고는 하지만, 그것도 자신의 용기를 드러낼 수 있는 기회가 있을 때나 가능한 법. 나는 지금부터 그 기회를 내가 선별한 몇몇에게 쥐어줄 심산이었다.

'나이가 좀 어려 보이긴 하지만… 뭐 남자애들은 금방 크니까 말이지.'

"어, 어어……?"

눈앞에 있는, 백금발의 찰랑거리는 머리가 인상적인 새하얀 피부의 소년.

순진한 눈망울로 나와 나여주를 올려다보던 소년은 옆에 여동생인 듯 그와 꼭 닮은 소녀를 옆에 낀 채 당황한 듯 주춤거렸다. 그리고 나는 이런 소년의 반응에 속으로 미소 지었다.

'그래, 반응도 훌륭하고… 내가 사람 보는 눈이 있지!'

당황해서 주춤거리는 녀석을 두고 기뻐하는 것이 이상해 보일지 모르지만, 이 녀석은 내가 꼽은 나여주에게 어울리는 남편

감의 일 순위 후보였다.

이미 나여주와 얼마간 함께 생활하며 녀석의 취향이 외모에 있지 않다는 것을 깨달은 나였다. 굳이 반응한 외모를 떠올린다면 엠페러의 귀여움에 환호를 지르던 정도. 그래서 꼽힌 것이 바로 이 잘생김과 귀여움을 동시에 갖춘 소년이었다.

혼혈로 추정되는 소년의 이목구비는 미래에 빼어난 미남이 될 것임이 분명해 보였고, 지금 당장은 큰 눈망울에 당황스러움이 그렁그렁 맺힌 것이 귀엽기 그지없었다.

게다가…….

'이 녀석 정도면… 괜찮아!'

비밀을 지켜낼 생각으로 이런 상황까지 왔지만, 그럼에도 몇 번을 생각해도 나여주 곁에 내가 잘 모르는 녀석이 선다는 것에는 거부감이 느껴졌다.

이렇다 보니 후보감을 찾는 데 있어 여러 가지로 까다로워지게 되었고, 그나마 나 스스로의 합의안에 따라 선택한 것이 바로 이런 소년 같은 청년이었다.

'이 정도면… 옆에 세워놔도 남매지간으로 보일 테니까!'

지극히 개인적인 이유에 나여주의 심미안을 조금 보탠 것으로 후보감을 찾아낸 나였지만, 어째선지 자꾸만 가슴 한쪽의 찝찝함을 느끼고 있었다.

'젠장, 이게 대체 뭔 기분인 거야.'

스스로 느끼기에도 어색할 만큼 얼굴이 굳어가고 있음을 감지한 나는 결국 찜찜함을 덜어내고자 결단을 내렸다.

화악!

"어? 어어?"

나는 나여주와 소년 사이의 간격을 좁히고자 손을 강하게 잡아당겼지만, 그 덕에 생각지도 않게 나와 나여주의 간격 역시 평범한 관계에서는 엄두도 못 낼 만큼 가까운 거리가 되어버렸다.

찰싹!

"뭐, 뭐하는 거야!"

당황한 나여주의 목소리와 마찬가지로 당황을 알리는 내 빠른 맥박이 서로의 간격을 알렸다.

서로의 숨결이 간간이 느껴지는 거리에서 문득 나여주의 얼굴이 조금 붉게 보인다는 생각이 떠오를 찰나, 그제야 나는 이성을 찾을 수 있었다.

'붉게 보이다니, 진짜 내가 미쳤지.'

분위기가 이렇고, 자리가 이러다 보니 이젠 헛것이 보이기 시작한 듯싶다. 왜, 자리가 사람을 만든다고 하지 않던가.

'일단 내가 이렇게 가까이 있는 상태에서는 좀 부담스러울 테니까…….'

슬쩍.

나는 남들의 눈에 보이지 않을 만큼, 작게 뒤로 물러나는 것으로 자연스레 나여주를 앞세울 수 있었다. 그리고 얼핏 그녀의 눈가에 실망이 일었다는 것을 깨달았을 때쯤, 앞에 선 소년의 얼굴이 발갛게 달아오른 것을 발견할 수 있었다.

소년의 반응에 작게 쓴웃음을 지은 나였지만, 이는 당연하다고 생각했다.

'…그래, 이 녀석을 가까이 보고서 반하지 않는 건 불가능할 걸.'

나여주의 미모란 것은 남녀노소를 가리지 않는 것인바, 그 대상이 사춘기 남자 아이라면 심혈관에 상당한 무리가 올 수밖에 없었다. 부정맥 같은 지병이 있는 게 아니라면 크게 뛰는 심장이 그 주인에게 자신이 반했음을 알려줄 터였다.

'뭐, 내가 그랬다는 건 아니고.'

그건 자신할 수 있었다.

물론 나라고 한들 이 녀석의 미모에 가슴이 뛰지 않는 것은 아니지만, 그건 단순히 남자로서 갖는 생리적 현상일 뿐. 나여주의 본성을 알고 있는 내가 이 녀석에게 반했을 리가 없었다.

'일단 이 상황에 집중해야지.'

나의 정체라는 것은 단순히 나만의 문제가 아니었기에, 나는 다시 한 번 마음을 다잡았다.

"안녕하세요."

약간의 정적이 감도는 자리, 딱딱한 분위기를 풀기 위해 최대한 부드러운 목소리로 인사를 건넸다.

하지만 그럼에도 얼굴을 붉힌 소년은 아무런 반응이 없었고, 내 앞에 서는 바람에 표정을 알 수 없는 나여주는 그다지 이 계획에 협력할 생각이 없는 듯싶었다.

결국 나의 주도로 이 상황을 이끌어야 한다는 생각에 몇 가지 멘트를 떠올리던 나였지만, 그사이 그토록 기다리던 소년의 반응이 나타났다.

"제로… 제로 님 맞죠?"

"…예?"

일순, 머리가 멍해지는 질문에 당황이 그대로 드러난 내 눈동자가 잘게 떨리고, 여전히 흥분감에 고취된 소년이 내 앞에 바싹 붙으며 다시 물었다.

"제로 님… 제로 님이죠?"

전혀 예상치 못한 물음에 내가 당황해하는 사이, 어느새 다시 내 옆에 바싹 붙은 나여주가 내 쪽에서 보면 비웃음이, 다른 이들이 보면 아리따운 웃음이 되는 마법의 미소를 지으며 또박또박 끊어 말했다.

"어머, 우리 제.로. 님. 아주 유명 인사네."

"어… 어어?"

지금 상황이 무슨 의도였든 간에 내 계획이 틀어졌음을 깨달은 나여주의 명백한 비꼼이었지만 나는 그에 대응할 수가 없었다.

"나여주 아가씨도 알고 계세요?"

"그으러어엄~ 우리 그 이의 천.지.개.벽. 이 얼마나 멋진데~"

"와아! 천지개벽까지……! 진짜 제로 님이야!"

마치 연예인이라도 만난 것마냥 방정맞게 자리에서 방방 뛰기까지 하던 소년은 내 멍한 눈에 시선을 맞추더니 그제야 생각났다는 듯 자기소개를 하기 시작했다.

"아, 여기서는 처음 뵙는 거였죠. 크흠흠! 저는 JZ 그룹의 서희망… 아니, 그것보다는 이게 더 익숙하겠죠. 저는 바이저스 길드의 아르덴, 월영의 아르덴이라고 합니다."

당당하게 낯부끄럽기 짝이 없는 별명까지 곁들여 자신을 소개하는 소년의 얼굴에는 반가움과 자부심, 그리고 해맑음이 녹아들어 있었다. 나는 그 순수한 광망에 차마 눈을 마주치지 못하고 인사했다.

"어어, 그래. 그러니까… 반갑습니다?"

"정말… 얼마나 보고 싶었는데요!"

와락!

서희망, 아니, 아르덴은 눈에 눈물까지 글썽이며 외간 남자(?)의 품에 덥석 안겼다.

그의 무례를 지적하러 달려오던 그의 부모는 물론, 체통도 잊고 어린애처럼 날뛰는 오빠를 보며 질색하고 있던 동생, 서기쁨… 아니, 엘로아까지 그 자리에서 한 발짝 물러섰다.

물론 파티 장에 모인 몇몇 귀부인과 몇몇 영애들이 오히려 눈에 불을 켜고 이쪽에 집중하기도 했지만, 그것은 정말 소수였을 뿐이다.

"어어… 그러니까 이게……."

사건의 당사자임에도 도저히 상황에 따라갈 수 없었기에 나는 더듬더듬 말을 잇지 못했다. 다른 당사자인 아르덴은 한참을 내 품에 얼굴을 비비더니 이내 발갛게 상기된 얼굴로 나를 올려다보며 기쁜 듯이 외쳤다.

"이젠 놓치지 않아요!"

"……."

"……."

순간, 그 와중에도 용케 끊지 않고 음악을 이어가던 악단의 연주마저 끊기며 파티 장에 한 줄기 정적이 감돌았다.

그리고 이런 이상한 분위기를 눈치챈 것일까, 그제야 화들짝 놀라는 표정이 된 아르덴이 내 품에서 벗어나 절레절레 양손을 휘저으며 상황을 부인했지만…….

웅성웅성.

쑥덕쑥덕.

"아니! 아니에요! 그게 아니에요!"

…급속도로 퍼져 나가는 웅성거림은 막을 수 없었다.

"이 녀석! 빨리 이리 와라!"

급기야 아르덴의 아버지가 뛰어와 나에게 연신 허리를 굽히며 아들내미의 목덜미를 잡고 끌고 갔고, 이 모든 상황을 혼란스러운 눈으로 쳐다보던 그의 어머니는 이마를 붙잡고 졸도해 버렸다. 마지막으로 자리를 지키고 있던 엘로아는……

"제로 님… 아니, 아닌가?"

"…뭐든 편하게 불러."

"흐응, 뭐 저도 제로 님이라고 부를게요. 어쨌든 저희 오빠 때문에 파티 분위기가 이상해져 버렸네요. 죄송합니다."

꾸벅.

예의 바르게 이 상황에 대해, 그리고 이런 상황을 만든 것이 자신의 직계 친족인 것에 대해 진심을 다해 고개 숙여 사과한 서기뺨은 이내 고개를 들며 끝나지 않은 말을 덧붙였다.

"…하지만 그만큼 제로 님이랑 다시 만나는 것을 학수고대했으니까요. 어려우실지도 모르지만 될 수 있으면 오빠의 친구 신청 좀 받아주세요."

"엉?"

"그럼 전 이만."

꾸벅.

그 말을 끝으로 조금 전과는 달리 풍성한 드레스의 양옆을 들어 교양 있게 인사를 한 서기쁨은 총총거리는 발걸음으로 연회장을 빠져나갔다.

그러자 이 모든 상황을 곁에서 지켜보던 나여주가 음흉한 표정으로 말했다.

"이열~ 인기 좋은데?"

"……."

"역시 빨리 파혼해 줄까? 응?"

파혼, 내가 그토록 기다리던 결과이자 대답이지만…….

"……."

나는 쉽사리 대답하지 못했다.

만일 지금 파혼을 선언한다면 나의 정체와 관련한 부분은 어느 정도 봉합이 가능할 터.

하지만 이런 모습을 보여놓고 갑자기 파혼을 해버린다면…….

수군수군.

웅성웅성.

아마 상황은 돌이킬 수 없게 될 것이다.

"응응? 해줄까? 응?"

쿡쿡쿡!

"……."

서늘한 선상의 파티 장.

옆구리를 파고드는 나여주의 팔꿈치에 잠시 잊어버렸던 숨 쉬는 법을 깨달았을 쯤.

마음이 걸레짝이 된 나는 멍한 얼굴로 파티의 나머지 일정을 소화했다.

그리고 불행인지 다행인지는 알 수 없지만, 어째선지 파티를 하는 내내 나를 만난 사람 중 더 이상 나에 대해 적극적으로 질문을 하러 오는 사람은 아무도 없었다.

아무도……

어두운 골방, 나씨 가문 정보원의 작업실이자 안가인 그곳에 단 한 대뿐인 전화기가 울음을 토해냈다.

띠리리리.

"네, 가주님."

이곳으로 통하는 전화번호를 아는 것은 오직 가주인 나대주뿐인바, 그는 아주 자연스럽게 전화를 받았다.

[그래, 일은 잘 진행되고 있나?]

"…아직 준비 중이긴 하지만 계획대로만 된다면 시간문제라고 생각합니다."

나씨 가문의 숨겨진 힘이자 가주 나대주의 직속 정보원인 해커는 갑작스레 걸려온 나대주의 전화에 긴장하며 대답했다.

[그래…….]

"무슨 일 있으십니까?"

평소라면 절대 있을 수 없는, 나대주의 힘없는 목소리로부터 기묘한 분위기를 읽은 그가 묻자, 수화기 너머로도 크게 들릴 만큼 큰 한숨을 내쉰 나대주가 우물거리는 어투로 그에게 말했다.

[자네……. 조사할 때 말이지…….]

"예."

어째서인지 평소에는 좀처럼 들어본 적 없는 자신감 없는 목소리였지만, 해커는 가주인 나대주가 무언가 특별한 정보를 제공하려는 것임을 깨닫고 이내 자세를 바로 하며 전화기 너머 목소리에 집중했다.

[녀석에 대해 조사할 때… 게이라는 키워드를 한 번 함께 찾아보게. 후우… 아니, 혹시 모르니 양성애자… 정도도 괜찮아.]

"…알겠습니다."

말하는 도중 한숨을 쉬는 나대주의 목소리를 들으며 간신히 느릿하게 대답했지만, 나대주는 그것만으로 만족한 듯 작은 목소리와 함께 전화를 끊었다.

[…그럼 이만 일 보게.]

"…예."

뚜— 뚜—

"……."

철커덕.

끊어진 전화의 수화음을 들으며 전화기를 내려놓은 그는 이내 품을 뒤져 작은 수첩을 꺼냈다. 이 세상에 완벽한 보안 장치가 없음을 잘 알고 있는 해커답게, 그는 아날로그식 저장 장치를 선호했다.

사각사각.

그렇게 저장장치에 새로운 정보를 기입한 그는 다시 수첩을 품에 넣었다.

그런 기색은 없었는데, 라고 중얼거리는 그의 눈엔 어쩐지 새로운 정보의 기쁨보다는 의아함만이 남아 있었다.

파티를 엉망으로 만들고 돌아가던 차 안. 닉네임 아르덴, 본명 서희망은 꿈에 취한 듯 몽환적인 눈빛으로 무언가를 떠올리며 웃고 있었다.

"후후, 이렇게 우연히 마주치게 되다니……!"

"어휴, 그렇게 좋아?"

"그야 당연히 좋지! 매번 한 번만이라도 다시 뵙기를 학수고대하고 있었는데!"

듣는 사람도 없는데 경청까지 써가며 환호하는 서희망이었다. 그의 동생은 한심하다는 얼굴로 고개를 흔들었지만 이에 개의치 않는 듯, 그는 오히려 더 크게 환호했다.

만일 이 모습을 그의 아버지가 봤다면 난생처음 그는 매타작을 맞았을지도 모를 일이지만, 다행히 그의 아버지는 쓰러진 어머니를 따라 긴급 후송 헬기를 타고 병원으로 가는 중이었다.

'대체 그게 뭐 그리 대단하다고…….'

게임 속 공동묘지에서 대로가 펼치던 천지개벽.

소녀의 감성으로 보기엔 화려하다, 예쁘다, 강하다가 끝인 스킬이었지만, 한창 때 소년의 감성을 가진 서희망에게는 천지개벽이란 그의 모든 이상을 담은 최고이자 최강의 스킬이었다.

빛살과도 같은 빠른 속도, 싸움터를 무대로 종횡무진 하는 압도적인 움직임, 알고도 피할 수 없는 완벽한 공격, 그리고 그 어떤 클래스도 함부로 따라올 수 없는 압도적인 파괴력까지.

어쌔신이라는 이유로 그림자에 녹아드는 것을 특기로 하는 그지만, 사실 그가 꿈꾸던 것은 압도적인 속도로 적을 주살하는 화려한 학살자이자 암살자였다.

이는 어찌 보면 사춘기 소년이 꿈꾸는 무적의 영웅과도 같은 모습이지만, 그가 꿈꾸는 것은 그것보다는 조금 더 구체적인 형태라고 할 수 있었다.

그리고 고요하고 화려하다는, 모순된 단어들로 이루어진 마음속 영웅이기에 그것은 아르덴에게 있어 그저 꿈이었던 것이다.

결코 이루어지지 않을, 꿈으로만 남을 이상향.

'하지만… 이젠 현실이지!'

우연한 만남 속에서 자신의 꿈을 이룬 사람을 만났을 때.

그것은 아르덴의 뇌리에 깊이 박혀 수천, 수만 번 반복되었다.

당시의 모습을 자신의 능력으로 재현하고자 하루에도 수십, 수백 번을 그와 같은 움직임에 도전했지만, 아무리 연습을 해봐도 천지개벽에는 발끝도 미치지 못했다.

그 과정에서 여러 가지 쓸 만한 스킬들을 건지긴 했지만 그뿐. 결국 이상향에는 다가갈 수 없었다.

눈앞의 결과를 보고도 결국 자신은 이룰 수 없는 꿈이라는 생각에 절망하기도 잠시, 아르덴은 유일한 다른 선택지를 깨달을 수 있었다.

그것은 바로 천지개벽의 보유자인 제로를 찾는 것.

가장 쉽고도 가장 빠른 길이었지만, 그간 스스로 해낼 수 있다는 자만에 의식적으로 피하려 했던 선택지였다.

결국 자존심을 접고 마지막으로 만났던 곳에서부터 제로를 찾아 나섰지만, 당시 용병 길드의 포탈을 통해 대륙의 반대편으로 가버린 제로를 찾을 수 없었다.

그 넓은 리버스 라이프의 세계에서 제로를 찾아야 한다는 생각에 낙담했지만, 오늘 우연히 참석하게 된 파티에서 그는 제로가 되기 전인, 대로를 만날 수 있었다.

'게임 속이랑은 헤어스타일이 조금 다르긴 하지만 모를 리가 없지.'

부르르.

다시 한 번 기적과도 같은 만남의 순간을 떠올리며 서희망은 잘게 몸을 떨었다.

이미 머릿속으로 수천, 수만 번을 되뇌온 기억이었다.

그날 그 순간에 대해서는 제로의 손가락 움직임 하나, 눈의 깜빡임까지도 기억하고 있었다.

물론 천지개벽이 진정으로 발동하기 전, 눈으로 쫓을 수 있는 순간의 기억에 불과하지만 이상향의 시작점이던 그 순간은 잊으려야 잊을 수 없는 기억이었다.

그러니 설령 이름이 조금 다르다고 한들, 머리 모양이 다르고 한들 못 알아볼 이유가 없었다.

'그런 면에서 보면… 포로로 잡혀 있어서 다행이야.'

평소의 그였다면 여가 시간에 리버스 라이프의 접속기를 벗지 않기 위해 꾀병이라도 부려 오늘의 파티에 불참했을 터, 하나 얼마 전 마계의 문 이벤트에 참여하러 갔던 아르덴 일행은 강력한 마계 종족에게 포로로 잡혀 지금은 특별히 할 수 있는 게 없었다.

게임에 접속 한들 같이 잡힌 일행과 수다를 떠는 게 대부분인 일상, 결국 아르덴은 부재 중 유저를 위한 편의 시스템에 힘입어 오랜만에 접속기를 벗고 오늘의 파티에 참석한 것이었다.

"후후… 이런 게 운명일까?"

마치 짜기라도 한 듯 게임 상황도, 유저 편의 시스템도 그와 대로의 만남을 도와주는 것에 이상한 운명의 교류를 느낀 그가 히죽 웃음을 짓자, 이를 지켜보던 여동생 서기쁨이 징그럽다는 듯 몸을 떨며 말했다.

"그래서… 이제는 어떡하려고?"

"뭘?"

"누군지 알긴 알았는데… 가서 스킬 가르쳐 달라고 떼쓸 거야?"

사실 서기쁨으로서도 그 점이 꽤 궁금했다.

그녀의 오빠는 물론 그녀조차도 모자란 것 없이, 갖고 싶은 모든 것을 가지며 살아온 이들이었다.

그러던 와중 오빠에게 집착이라는 것을 알려준 닿을 수 없는 목표가 생겼다. 난생처음 그는 자신이 갖고 싶은 것을 위해 누군가의 바짓가랑이에 매달려야 하는 상황에 와 있었다.

이는 그녀에게 있어 너무도 생소한 일인바, 이다음의 일이 너무나 궁금했다.

"실물을 봤으니까 됐어."

"응?"

과연 그녀의 오빠는 원하는 것을 얻기 위해 어떤 거창한 선물을 준비하고, 어떤 허무맹랑한 계획을 세울까 생각하던 찰나, 의외로 담담하게 대답하는 모습에 서기쁨이 눈을 동그랗게 떴다.

겨우 그 정도에서 오빠가 만족했다는 것을 그녀로선 이해할 수 없었기 때문이다. 하지만 이런 그녀의 반응을 즐기기라도 하듯, 서희망은 이내 히죽 웃으며 하지 못한 말을 마저 이어나갔다.

"이제 집에 찾아가야지."

"……."

그 이상 자세한 설명은 없었지만 그 짧은 한마디만으로도 그녀는 많은 것을 알 수 있었다.

아니, 그보다는 저 핏대까지 선 서희망의 두 눈이 자세한 설명을 대신하는지도 몰랐다.

상상 이상의 징그러움과 질척임을 보이는 오빠의 말에 문득 소름이 돋는 것을 느낀 그녀가 인상을 찌푸리다가 말했다.

"그러지 않는 게 좋을걸."

"왜?"

오히려 이해할 수 없다는 듯 묻는 말에 저도 모르게 속마음을 내뱉을 뻔한 그녀였지만, 다행히도 그녀는 오빠에 비해 뛰어난 이성을 지니고 있었다.

'쫓겨나지나 않으면 다행이지⋯⋯.'

품에 안겨 있던 오빠야 그가 안은 대로의 얼굴을 제대로 보지 못했을 테지만, 그 모든 사건을 곁에서 지켜보고 있던 그녀는 대로의 표정이 어떻게 시시각각 변하는지 확실히 볼 수 있었다. 그리고 그 변화의 끝이 얼마나 처참했는지⋯⋯.

절레절레.

"⋯⋯?"

결국 입으로 뱉지 못한 말을 고갯짓으로 표현하는 서기쁨을 보면서, 서희망 역시 마찬가지로 동생의 행동을 이해할 수 없다는 듯 쳐다보다가 이내 깜깜한 도시의 하늘로 시선을 돌렸다.

"아, 날씨 참 좋다."

보이는 것 하나 없는 새카만 밤하늘이었지만, 밤의 서늘함이 가져다주는 청량함에 서희망이 방긋 미소 지었다.

"거 날씨 한 번 더럽게 칙칙하네. 이게 다 공해 때문이지! 그 놈의 재벌들 빨랑 공장 안 접고 뭐하나 몰라!"

불과 몇 시간 전까지 그 재벌들 사이에 끼어서 눈칫밥을 주워 먹던 인물의 멘트치고는 너무 솔직한 면이 있었지만, 최소한 지금의 내 눈에는 새카만 밤하늘이 공장 매연과 스모그로 뒤덮인 것으로밖엔 안보였다.

푸엣취!

"으으… 춥기는 또 왜 이렇게 추워?"

비싼 옷 주제에 보온 기능은 왜 이리 떨어지는지, 그다지 추운 밤이 아님에도 온몸이 덜덜 떨려왔다.

'마음이… 마음이 너무 추운가?'

문득, 어쩌면 정말 추운 것은 몸이 아니라 내 마음이 아닐까 하는 서정적인 감상이 떠올랐다. 하지만 나는 이내 고개를 저어 상념을 떨쳐냈다.

'젠장! 마음이 춥다니. 무슨 말이야, 그게!'

오늘은 나에게 있어 절체절명의 위기를 벗어난 기분 좋은 날이다.

그런데 자꾸만 눈에 습막이 어리는 이유는 무엇이란 말인가!

'이런 날엔 액션 팀 연습실에 있는 샌드백이라도 시원하게 후려치면 기분이 좀 풀릴 텐데……'

회사에 다니는 동안 기분이 안 좋았던 적은 별로 없었지만, 그럼에도 간혹 짜증이 날 때면 스트레스 해소를 위해 샌드백을 치곤 했다.

하나 지금의 나는 엄연히 회사에서 짤린 몸. 간다고 한들 들어갈 수도 없을 거니와 액션 개발 팀이 해체된 지금 그 자리에 샌드백이 있을지도 미지수다.

"에휴, 내 팔자야……."

파앙!

"아하하하! 뭘 그렇게 축 처져 있는 거야!"

도대체 어디에 숨어 있었던 것이며, 대체 어떻게 나보다 먼저 여기에 와 있었던 것인지 물을 겨를은 없었다.

어디서 튀어나온 것인지 밤의 거리에서 불쑥 튀어나온 나여 주가 내 등허리를 팡 하고 때리며 웃어 보였다. 이에 나는 무덤 덤하게 대꾸했다.

"…아프다."

몸도, 마음도 말이지.

"…흐음."

이런 내 반응이 마음에 들지 않았던 것일까. 나와는 달리 이 미 평상복으로 갈아입은 그녀는 밤거리의 네온 조명에 밝게 빛 나는 얼굴을 들어 나를 쳐다봤다.

"그런데 말이야."

"…응?"

"아까 한 말 진짜야?"

"…뭐가?"

뜬금없는 나여주의 물음에 나는 내가 했던 말 중에 그녀가 다 시 물어봐야 할 만큼 중한 말이 있었는가에 대해 고민해 봤지만, 그다지 떠오르는 말은 없었다.

"흥! 생각 안 나면 말고."

"…뭐야? 뭔데 그래?"

보통의 나여주라면 내가 자신과 한 대화를 기억하지 못한다는 것에 화를 내고도 남았겠지만, 어째선지 오늘의 그녀는 상큼하게 눈썹을 치켜 올렸을 뿐, 그 이상의 반응을 하지 않았다. 오히려 내가 더 궁금해질 정도였다.

'뭐… 얘랑 괜한 분쟁을 만들어 피곤해질 필요는 없겠지.'

나여주의 평범하지 않은 반응을 보고 내가 했던 그 말 역시 평범하지 않은 것임을 깨달았지만, 궁금증과 싸움을 맞바꾸기엔 오늘의 나는 여러모로 피곤했다.

"그래, 뭐… 그럼 그냥 말자."

"……."

이런 내 반응 역시 나여주에게 있어선 의외였던 것인지, 나여주는 슬쩍 고개를 틀어 가만히 나를 올려다보았다. 그러나 이내 그녀 역시 더 이상 할 말이 없는 듯, 가늘어진 눈으로 나를 쏘아보다가 앞장서 걸어나갔다.

그렇게 아무 말도 없이 얼마나 지났을까.

어느새 우리는 어두컴컴한 길목을 모두 지나 가로등으로 환하게 밝혀진 아파트 단지에 진입할 수 있었다.

그리고 머지않은 곳에 내가 살고 있는 아파트의 동이 보이기 시작할 무렵.

내가 먼저 작별 인사를 했다.

"뭐, 결과야 어쨌든 오늘 도와줘서 고마웠다. 잘 가라."

여기까지 따라온 여자에게 너무 쌀쌀맞다고 생각할지도 모르지만, 내가 생각하는 나와 나여주의 관계에는 딱 이 정도가 어울린다.

"……."

끄덕.

이에 나여주 역시도 별다른 이견이 없는지 가볍게 고개를 끄덕이는 것으로 내 인사에 대답했고, 나는 아파트 앞에 그녀를 세워두고 아파트 현관으로 걸어 들어갔다.

그리고…….

부스럭.

대로가 사라진 아파트 현관 앞.

양옆으로 늘어선 정원수들 사이에서 모습을 드러낸 것은 오늘 대로의 헤어 스타일링을 맡았던 나선영이었다.

"어휴, 저 멍청이가. 아가씨, 가서 지금이라고 끌고 나올까? 아니면 쳐들어갈래?"

"……."

절레절레.

한껏 찌푸린 얼굴로 나타나선 대로를 어떻게 하네 마네 하는 나선영의 모습은 아가씨라 부르는 사람 앞에서 보이기엔 다소

불손해 보였지만, 사실 나여주의 아주 먼 친척뻘에 해당하는 그녀는 나씨 가문 내에서도 드물게 나여주와 편하게 말을 하는 사람이었다.

나선영은 말없이 고개를 젓는 나여주를 보면서 자신이 모시는 이 아가씨의 숙맥 같은 모습에 남몰래 한숨을 쉬며 고개를 저었다.

'저 고자 자식도 문제지만 우리 아가씨도 문제란 말이지.'

좋은 집안의 귀한 자식으로 태어나, 돈으로 살 수 있는 모든 것을 가져온 그녀는 사춘기의 끝자락에 처음으로 돈으로 가질 수 없는 것을 마주한 상태였다.

이로 인해 일어난 변화는 아주 작은 것에 불과했지만, 그녀의 측근 입장에서 권위 있는 가문의 후계자가 소녀의 마음을 갖게 된 것은 굉장히 고무되는 일이었다.

그도 그럴 것이 그녀의 아가씨는 책과 소양 교육을 통해 배워온 '사과'라는 것을 난생처음 타인에게 했다. 심지어 그 타인은 아가씨 또래의 남자이기까지 하다.

그 짧은 만남과 대화를 통해 그녀의 아가씨가 성숙했다는 것을, 같은 여자이자 그녀의 측근인 나선영은 똑똑히 느낄 수 있었다.

차갑기만 하던 아가씨의 두 눈에 따뜻함이 녹아들고, 그녀에게 의무적으로 허리를 굽히던 이들은 어느샌가 진심을 다해 그녀에게 고개 숙이기 시작했다.

그녀의 아가씨는 마침내 가문의 '주인'에 어울리는 길로 한 계단 올라선 것이다.

고작 또래의 남자에게 사과를 한 것만으로 말이다.

그렇다면 이제 막 알을 깨고 부화하기 시작한 이 소녀에게 조금 더 달콤한 것을 쥐어준다면… 아가씨는 보다 많은 것을 깨닫게 되지 않을까?

그 달콤함이 한순간의 꿈이 되어 쓴맛으로 끝이 나는 한이 있더라도… 그것은 주인이 되기 위한 밑거름이 되기에 충분하지 않을까?

어렸을 적부터 아가씨를 가까이 모시며 가장 최측근으로서 그녀의 모든 것을 속속들이 알고 있는 나선영은 그렇기에 이 로맨스가 성사되기를 누구보다 바라고 있었다.

'물론 그 결과가 좋을 리는 없겠지만……'

그녀의 아가씨는, 서울 시내에 그럭저럭 괜찮은 수준의 아파트를 가졌을 뿐 이름과 나이를 제외하곤 모든 게 비밀인 한 10대 소년 따위가 넘볼 수 있는 사람이 아니었다.

그 둘의 약혼이 결국엔 어떤 이유에서든 깨질 것이란 것을 자신 또한 뻔히 알고 있었다.

하지만 그럼에도 응원하고 있었다.

아가씨를 위해서.

이 사랑의 결과가 쓴맛의 체험으로 끝나길 바라지 않는다.

자신 또한 아가씨가 괴로운 것은 싫었다.

'하지만… 현실은 어쩔 수 없는 것이겠지.'

저 소년이 숨기고 있는 것들이 이름만 들어도 세상 모두가 알 법한 부모거나, 혹은 그에 준하는, 뭔가 특별한 핏줄을 가지고 있는 게 아닌 다음에야. 하지만 그것은 꿈과 같은 이야기이리라.

"언니, 가자."

"응, 아가씨."

소년이 올라간 고층 아파트의 높은 곳을 바라보던 그녀의 아가씨는 씩씩한 걸음으로 아파트 단지 밖으로 걷기 시작했고, 그녀 역시 아가씨를 따라 밖으로 걸음을 옮겼다.

구름 속 희미하게 빛나는 별을 향해 다시 한 번 소원을 빌며.

"아가씨, 오늘 늦게 들어갈까? 응? 가주님은 내가 커버쳐 줄게."

"안 돼, 오늘 새벽에 레이드 뛰어야 해."

"……."

어쩌면 이 로맨스에서 정말 큰 문제는 소년의 정체가 아니라 아가씨의 정신머리가 아닐까, 생각해 보는 나선영이었다.

Chapter 4

전쟁이 있기까지

"와, 징글징글하네."

"그러게. 징그럽게 많네."

마계 남부, 심해왕의 거주구로부터 1㎞쯤 떨어진 마수족의 임시 거점.

높다랗게 지은 망루 위에 올라 포고령을 보고 이곳에 모인 마수족들의 무리를 감상하던 나와 나여주는, 끝을 모르는 인파에 혀를 내둘렀다.

"이 정도 되면 계획이고 뭐고 필요 없는 거 아니야?"

"…정말 그럴지도."

와글와글.

바글바글.

망루를 통해 내려다 보이는 널따란 평지.

그곳을 가득 메우고 있는 각양각색의 마종족들은 서로 간에 경계를 하고 서 있을 뿐이었지만, 그 숫자는 그것만으로도 압도적인 위압감을 줄 만큼 정말 어마어마했다.

다구리를 놓는 척하며 나와 엠페러가 치명적인 기습을 가한다는, 이론에 충실한 허무맹랑한 계획보다는… 그냥 이 녀석들한테 칼 하나씩만 쥐어줘도 심해왕을 회 떠버릴 수 있는 게 아닐까 하는 생각이 들 정도였다.

"야, 얘들한테 한 대씩만 때리게 하면 너도 그냥 죽겠다."

"무슨 소리냐, 주인! 나는 고작 저런 녀석들한테 절대 맞아 죽지 않는다!"

"흐… 말이 그렇다는 소리니 화내진 말고."

다리가 짧아 망루 밖으로 간신히 고개만 빼꼼 내밀고 있던 엠페러가 자존심이 상한 듯 격렬히 반박했지만, 사실 말과는 달리 충분히 가능할거라는 생각이었다.

〔이름 : 엠페러
HP 9999999 / 9999999〕

자그마치 천만에 이르는 엠페러의 체력이었지만, 체력 수치를 가진 이상 피격 시 무조건 1 이상의 피해를 입는 것은 당연했다.

방어력이 아무리 높다 한들 완벽하게 회피를 하는 게 아닌 다음에야 체력은 깎여 나갈 테고, 때문에 천만 명이 돌아가며 한 대씩 때린다면 충분히 체력을 다 소모시킬 수 있다는 논리였다.

거기에 상대가 마계의 존재들이라면 딱밤을 때린다고 해도 1보다는 많은 체력이 소모될 터, 숫자만 충분하다면 필승이었다.

'물론 엠페러의 자연 회복력이나 공격이 빗맞을 확률을 생각한다면 조금 힘들지도 모르지만.'

어쨌든 이론상 불가능한 것만은 아니었다.

아킬레스와 거북이의 달리기 시합과 달리, 한쪽은 가만히 맞기만 할 테니 말이다.

'뭐 이런 이야기는 상관없나.'

결국 하고 싶은 말은 여기 모인 녀석들이 정말 말도 안 되게 많다는 것이다.

심지어…….

"아직 다 도착한 것은 아니라고 했지?"

"네, 가장 멀리 있던 종족들은 아무래도 소식도 늦고 거리도 더 멀어서 조금 더 오래 걸릴 수밖에 없으니까요. 그래도 아마 오늘 저녁 정도면 다 도착할 거라고 생각합니다."

좁은 망루 안에 풍만한 몸을 비집고 들어온 서큐버스 퀸이 미소를 지으며 말하자, 아니꼽게 바라보고 있던 나여주가 으르렁 댔다.

"넌 날 수도 있으면서 왜 굳이 여기에 끼어 있는 거야? 너는 망루 옆에 나와서 날고 있으면 되잖아."

"후후, 죄송하지만 서큐버스들의 날개는 전투를 위한 무기이 자 보조 수단이에요. 이동할 때는 보통 걷거나 뛰기 때문에 날 아다니는 거에 익숙하지 못하답니다. 게다가 언제 전투를 치르 게 될지 모르니 될 수 있으면 체력을 아끼고 싶어요."

"으, 이이익!"

바드득!

서큐버스 퀸의 정론에 나여주는 분한 듯 이를 갈았지만, 딱히 반박할 말은 없었다.

게다가 서큐버스 퀸은 우리의 전력 가운데서도 최상위에 속 하는 존재가 아니던가. 될 수 있으면 지금뿐 아니라 심해왕과의 본격적인 싸움 직전까지 힘을 비축하게 하고 싶은 게 솔직한 심 정이었다.

하지만.

"뭐, 확실히 정론이네. 그래도 일단은 내려가서 이곳에 모인 녀석들 규모를 좀 파악해 주겠어? 개중에 좀 특별하게 써먹을 만한 녀석들이 있다면 따로 알려줬으면 좋겠는데."

"네, 맡겨주세요."

서큐버스 퀸은 그렇게 말하며 여태 나에게 잔뜩 밀착해 있던 몸을 망루 밖으로 내던져 등허리에서 돋아난 날개로 균형을 잡으며 천천히 활강을 하는가 싶더니, 이내 밑에 대기하던 몽마족들을 데리고 어디론가 쏜살같이 달려갔다.

서큐버스 퀸의 퇴장에 나와 서큐버스 퀸 사이서 은근슬쩍 그녀의 감촉을 즐기던 엠페러가 실망스러운 표정을 지어 보였지만, 무서운 나여주의 눈빛에 찔끔 고개를 돌렸다.

"저, 저 여시 같은 년! 결국 날개 쓸 거면서!"

'저 날개면 박쥐가 조금 더 어울리지 않을까.'

문득 나여주의 말에 쓰잘 데 없는 생각을 떠올리던 나는 한결 넓어진 망루에서 서큐버스 퀸이 사라진 방향을 보며 생각했다.

'괜히 분쟁을 만들 필요는 없겠지.'

굳이 끼어들지 않아도 될 만한 두 여자의 신경전이지만, 나는 굳이 끼어들기를 택했다.

내가 비록 여자들의 심리에 대해 잘 모른다고는 하지만 그래도 눈칫밥을 먹기를 몇 년, 나여주와 서큐버스 퀸의 알력 다툼에 대해선 이미 파악한 지 오래였다.

'그 싸움의 근거가 되는 게 나라는 게 좀 불편하지만……'

서큐버스 퀸이야 그렇다 치고, 나여주가 왜 내가 서큐버스 퀸과 있는 것에 불쾌해하는지는 알 수 없지만, 어쨌거나 나의 존재가 이 둘 모두에게 영향을 줄 수 있다는 점은 꽤 도움이 되었다.

목적이야 어떠하든 내 말에 순종하는 서큐버스 퀸도 보다 부려먹기 쉬울 뿐 아니라, 이렇게 나여주의 편을 드는 척해두면……

스으윽……

움찔!

'이렇게 친한 척을 하거든.'

슬그머니 내 곁에 다가와 팔짱을 낀 팔뚝이 닿는 거리에서 마찬가지로 망루 아래를 내려다보는 나여주를 보면서 속으로 웃는 나였다.

말로는 절대 표현하지 않지만, 지금 이 행동은 나여주가 표현하는 최선의 친근함의 표시였다.

거기에 보은에 확실한 그녀는 조금 전의 일을 잊지 않을 테니, 나와 나여주의 관계에 있어 내가 불리한 상황에 빠졌을 때 한 번씩 써먹을 수 있는 패가 될 터였다.

'뭐, 그 외에도 불과 몇 시간 전에 도움도 받았으니.'

현실 시간으로 몇 시간 전의 저녁.

밥이 코로 들어가는지, 입으로 들어가는지 알 수 없던 저녁 자리에서 넋을 놓고 있던 나를 몇 번이고 도와줬으니 이 정도의 일은 사실 서비스라고 해도 좋았다.

'그게 아니더라도 어차피 이 일을 시킬 거니까 말이야.'

말하자면 일석이조라고나 할까.

물론 시키지 않더라도 서큐버스 퀸은 아마 제 스스로 이런저런 정보를 규합해 나를 도왔을 테지만, 그래서는 서큐버스 퀸에게 끌려 다니는 분위기가 된다.

'될 수 있으면 주체가 되어서 상황을 주도하는 게 낫지.'

물론 그녀는 나와 나여주, 엠페러에게 충분히 복종하고 있었지만, 사실 무작정 신뢰하기에는 의심 가는 점이 많을 뿐 아니라, 실제로 서큐버스 퀸은 조금 전처럼 나여주에게 자연스럽게 말대답을 하고 있었다.

그것도 굳이 속을 긁어가면서.

이 말은즉 그녀의 복종 행위는 절대적인 게 아니라는 의미였다.

물론 그게 마술 봉의 실소유주인 엠페러가 아니여서인지, 혹은 우리가 인간이여서인지는 알 수 없지만, 어쨌거나 저런 식으로나마 반항의 기미가 보인다면 속내를 약간이라도 감추고 있음을 의심할 수밖에 없었다.

"저 안에 유저들도 있겠지?"

"그렇겠지."

팔이 맞닿은 자리에서 바글바글한 마종족들을 내려다보는 그녀의 말은 무덤덤했다.

'하긴 이미 우리와 심해왕의 전쟁에 대해서는 알려질 대로

알려졌으니까.'

우리가 이곳에 온 다른 유저들이 받은 종족 해방 퀘스트에 대해 알고 있는 것처럼, 다른 유저들 역시 마계 남부 전역에 내려진 포고령과 그들이 데리고 다니던 마종족들을 통해 우리 쪽의 사정을 파악하고 있을 터였다.

물론 포고령의 내용에는 펭귄 왕과 서큐버스 퀸, 그리고 잭 오칼롯의 후계자밖에는 나오지 않는다. 때문에 우리에 대해서는 알려지지는 않았을 테지만 어느 정도 눈치가 있는 인물들이라면 지금의 상황이 유저로 인해 비롯된 것임을 알 수 있을 터.

'그도 그럴 게 퀘스트가 갑자기 중단되었으니……'

게임 속 정보에 대해서는 불친절의 극을 달리는 리버스 라이프였기에 오히려 유저들 간의 정보 교류나 소통은 굉장히 활발한 편이다.

특히나 그중에서도 리버스 라이프에서 제공하는 실시간 게시판 서비스는 게임 이용 중에도 얼마든지 사용 가능하기 때문에 가장 많은 정보가 흘러 들어오는 곳으로 유명하다.

그리고 우리가 이 일을 벌인 것을 기점으로 게시판에는 엄청난 불만 글들이 폭주했다.

[아니, NPC가 퀘스트 진행을 거부하는 게 말이 됩니까?]

[살려달라고 벌벌 떨 때는 언제고! 겨우 살려났더니 전쟁에 참가

한다잖아요!]

[이게 무슨 똥개 훈련이냐? 이것 때문에 마계 남부 북쪽까지 갔다가 다시 남쪽으로 내려가게 생겼다고!]

현재 마계에서 종족 해방 퀘스트를 받은 모든 유저들은 퀘스트 진행이 아예 불가능하게 된 데 불만을 표하고 있었다.

아무리 게임 속 자유도가 높고 인간보다 인간다운 NPC들의 세상이라곤 하지만, 그렇다고 한들 유저를 상대로 가지고 노는 듯한 이런 행동은 불만을 끌어내기에 부족함이 없었다.

특히나 현재 이 퀘스트를 진행 중인 유저들은 사실상 게임 속에서 '강자'라 불리는 고레벨의 유저들이다. 마계의 전투 난이도 탓에 저절로 걸러진 진짜 중의 진짜배기 강자들이었기에, 이런 그들이 내뱉는 불만은 유저들 사이에서 꽤 큰 파장을 일으켰다.

게임사에 직접 정신적 피해 보상을 요구해야 한다는 이상한 서명 운동이 벌어질 만큼 게시판에서 큰 화제가 된 이 현상은, 결국 게시판에 등장한 운영자의 한마디로 종식되었다.

[이 모든 것은 유저 분들의 선택 과정에서 생겨난 일로, 저희는 아무런 책임을 지지 않습니다.]

얼핏 종족 해방 퀘스트에 욕심을 내는 유저들을 비꼬는 말로 보이기도 했지만, 지금의 현상이 유저에 의해 벌어진 일이라는 의미라고도 해석되는 말이었다.

이런 운영진과 게임사의 반응에 유저들은 더욱 큰 목소리로 불만을 토해냈다.

하지만 곧 오히려 맨 처음 불만을 드러낸 유저들은 게시판에서 모두 사라져 버렸고, 이에 구심점을 잃은 일반 유저들은 들어주는 이 없는 분노를 토해내다 결국 흐지부지 흩어지고 말았다.

'이 사건으로 강자로 남은 인물들은 다들 배후에 유저가 있다는 것을 짐작했겠지.'

리버스 라이프는 한 자리에 앉아 버튼만 클릭하는 단순한 게임이 아닌바, 이곳에서 강자라 불릴 만큼 성장한 유저라면 그만한 눈치는 갖고 있을 것이다.

'배후가 우리인 것까지는 알지 못할 테지만 어쨌든 유저란 존재가 어떻게 싸움에 작용할지 모르니 생각해 둬야겠지.'

유저의 능력과 영향력은 그들의 머릿수만큼이나 다양하고 많은 만큼 예측 불허다. 그럼에도 불구하고 단 한 가지 확신할 수 있는 것은, 이들은 어떻게든 이 싸움에 참여하게 된다는 것이다.

이곳에 모인 유저들의 목적은 사실상 모두 종족 해방 퀘스트에 있는 바, 약화된 마종족들이 싸움에 휘말려 죽는 것을 막기 위해서라도 이 싸움에 끼어들 수밖에 없었다.

물론 퀘스트를 포기한다는 선택지도 있겠지만, 그들은 그 많은 유저들 가운데 선발된 강자들.

그런 그들이 쉽사리 퀘스트를 포기할 리도 없었다.

'문제는 마종족들이 단순히 마수족만 있는 게 아니라는 점이긴 한데……'

마계의 남부.

마수족이 큰 세를 이루고 있는 이곳에서 종족 해방 퀘스트가 연계된 마종족의 대다수는 마수족이었지만, 개중에는 마수족에 속하지 않는 종족은 물론 심해왕 휘하에 소속되는 종족이 있을 수도 있다.

그리고 그런 종족들에게 있어 심해왕의 명령은 잭 오칼롯이 마수족에게 가진 권위만큼이나 절대적일 터, 최악의 경우 이 전장에서 유저를 적으로 만날 수도 있었다.

"그래선 곤란한데 말이야……"

적인 심해왕의 군대가 얼마나 되고, 심해왕이 가진 본신의 능력이 어느 정도인지는 아직까지 전혀 알려진 바가 없지만, 사실 심해왕 휘하 종족의 특성이나 그들의 능력에 대해서는 이미 조사해 둔 바가 있었다.

심해왕 본인이야 옥좌에 있으며 직접 힘쓸 일이 드무니 능력에 대해 알려진바가 적다고 해도, 수십, 수백, 내지는 수천에 이르는 휘하 종족들의 능력까지 알려지는 것을 막을 수는 없다.

그리고 몽마족들이 열심히 뛰어다닌 결과, 심해왕 휘하의 주축이 되는 종족들의 능력에 대해 꽤 많은 것을 알 수 있었다.

우리는 이런 녀석들의 특성을 여기 모인 마수족들에게 알리고 적들을 공략하도록 시킬 계획이었지만, 상대에도 유저가 있다면 이는 여러모로 어려운 일이 될 터였다.

'이런 대비를 하는 게 우리뿐은 아닐 테니까 말이지.'

상대 유저들도 바보가 아닌 이상 우리 쪽 능력에 대해 파악하고자 할 터, 아니, 어쩌면 이미 이곳 어딘가에 숨어서 모든 걸 지켜보고 있을 가능성도 있다.

"될 수 있으면 빨리 움직여야겠어."

"역시 그렇지?"

새삼스럽지만 나여주의 머리가 좋다는 것을 다시금 되새긴 나였다.

그저 한마디 중얼거렸을 뿐인데 그 말의 속뜻까지 모두 알아차리다니, 그야말로 '과연'이라고밖엔 표현 할 수 없는 비상한 머리였다.

'응? 그러면 나도 같은 생각을 했으니 똑같은 비상한 머리인가?'

어쩌다 보니 자화자찬이 되어버린 것에 나 혼자 쑥스러움을 삭이는 사이, 역시나 이런 사고 과정을 따라오지 못한 엠페러가 양 날개로 각각 우리의 옷자락을 잡아당기며 물었다.

"주인! 나도! 나도 설명해 줘라!"

초롱초롱한 눈망울로 고개를 들어 우릴 올려다보는 녀석의 시선은 애절하다 못해 처절함에 가까웠지만, 나는 단호히 말했다.

"안 돼."

이 싸움의 주체가 되는 나와 나여주는 서로 간의 의사소통을 위해서라도 이런 내용에 대해 알 필요가 있지만, 엠페러만큼은 알아선 안 된다.

'이 녀석이라면 사탕이 아니라 진흙으로 쿠키만 구워줘도 알고 있는 걸 나불나불 다 불어댈 테니까.'

물론 싸움 시작 전 정비를 위해 서큐버스 퀸을 비롯한 각 종족의 우두머리급들에게 이에 대해 알릴 생각이다. 하지만 그것도 보안을 위해 모두에게 동시에 알려줄 수 있는 방안이 생길 때까지 보류할 생각이고, 알려주는 순간도 공격 시작이 얼마 안 남은 시점일 것이다.

그래야만이 기습의 묘미를 살릴 수 있고, 준비가 어설픈 적들을 상대할 수 있을 테니 말이다.

하지만 이때, 엠페러에게 한없이 약한 나여주가 나섰다.

"야! 뭘 그렇게 쩨쩨하게 굴어? 그 정도는 알려줘도 되잖아!"

"쩨쩨하다니…… 저 녀석 분명 사탕 하나만 줘도……"

내가 엠페러에게 말해서는 안 되는 이유를 설명하려는 찰나, 나여주는 이미 엠페러를 데려다 앉혀놓고 이유를 설명하기 시작했다.

"펭돌아, 그건 말이야……."

"으아악! 안 된다니까!"

"나 펭돌이 아니다!"

옥신각신!

서로 각자의 이유로 목소리를 높이기 시작한 우리였지만, 결국 최후의 승자는 시작할 때부터 정해진 것이나 다름없었다.

"그러니까 펭돌아, 그게 왜 그런 거냐면……."

끄덕끄덕.

어느새 자신의 다른 이름에 수긍하기 시작한 엠페러가 나여주의 말에 따라 고개를 끄덕이기 시작했고, 나는 멀찍이서 이 모든 상황을 지켜보는 수밖에 없었다.

'어휴, 어쩔 수 없이 한동안은 엠페러 손 꼭 붙잡고 다니는 수밖에 없겠네.'

결국 모든 이유를 알게 될 엠페러이니 방법은 그것밖에 없었다.

"…일단 저 서큐버스 퀸 말이야. 아주 나쁜 년이란 말이지."

"에에엑?!"

상상도 못했다는 듯 눈을 휘둥그레 뜨는 엠페러의 모습에 고개를 끄덕인 나여주가 말을 이었다.

"얼마나 나쁘냐면, 이 남자 저 남자 꼬리 치는 데 도가 튼데

다가 그래놓고 유혹에 넘어오면 장난감처럼 가지고 놀다가 버리는 게 취미인 여자거든!"

"…나쁜 건가?"

갸웃.

개인적으로 서큐버스 퀸의 장난감 정도면 꽤나 만족스러운 삶이라고 생각하는 엠페러는 이에 고개를 갸웃거렸지만, 나여주는 단호히 고개를 끄덕였다.

"그럼! 당연하지! 펭돌이 너 만약에 서큐버스 퀸이 너랑 맨날 놀다가 갑자기 널 버리고 다른 남자랑만 놀면 기분이 어떻겠어?"

"…안 좋을 것 같다."

말과는 달리 '방치 플레이'를 중얼거리며 부리를 몇 번 닫았다 뗀 엠페러였지만, 나여주의 서슬 퍼런 기색에 결국 나여주에게 맞춰주기로 한 듯싶었다.

"그렇다면 우리는 빨리 쟤들을 떼놔야겠지?"

"……."

끄덕.

엠페러의 조막만 한 머리가 무겁게 끄덕여지자 만족스러운 표정을 지으며 엠페러로부터 물러난 나여주가 빙긋 웃으며 대화를 마무리했다.

"그게 이유야."

"…알겠다."

"……."

엠페러의 대답을 끝으로 무거운 정적이 망루 안에 감도는 가운데, 나는 속으로 조용히 다짐했다.

절대로 저 바보들에게 자세한 설명을 하지 않기로 말이다.

"흐음… 저 위에 있는 녀석들인가?"

마수족들이 모여들기 시작한 거대한 평원 귀퉁이의 작은 바위 위.

평원 끝자락에 세워진 망루와 티끌로밖엔 안 보이는 작은 인영들을 가리키며 말하는 파울의 행동에 벨라가 눈을 돌렸다.

"…뭐가 보인다고요?"

벨라는 뛰어난 엘프의 시력으로도 움직이는 먼지로밖엔 안 보이는 개체들을 보면서 다시 한 번 파울의 괴물 같은 능력에 혀를 찼다. 그러나 이어진 파울의 말에 눈을 부릅뜨고 다시 봐야만 했다.

"검은 머리의 남자가 하나, 머리 모양이 이상한 여자가 하나. 그리고 여자와 펭귄 하나가 더 있군."

"…예?"

자세한 설명도 없이 대략적인 모습만을 들었을 뿐인데 퍼뜩 떠오르는 모습이 있었다. 눈이 빠져라 이쑤시개 같은 망루를 노려본 벨라였지만 그렇다고 시력이 좋아지는 일은 없었다.

"남녀 한 쌍은 흰색 가면을 쓰고 있어서 성별밖엔 분간이 안 가지만, 아마 저들이 그 후계자라는 녀석들일 터. 다른 여자는 서큐버스 퀸이군. 그렇담 저 펭귄은 펭귄 왕이겠군."

문득 펭귄 왕이 저렇게 멍청하게 생겼었나, 하는 생각에 잠시 고개를 갸웃거린 파울이었다.

"…그런가요."

그들을 직접 본 파울의 반응이야 어떻든 간에, 그의 설명에 시무룩한 표정을 지은 벨라는 크게 고개를 저었다.

'하기사, 여기에 있을 리가 없지……. 이렇게 위험한 곳에 제로들이 있으려고.'

그녀가 기억하는 제로는 꽤 뛰어난 능력을 지닌 사람이었지만, 냉철한 이성과 분석력을 바탕으로 움직이는 사람인 만큼 이렇게 위험이 넘치는 곳에 일행을 이끌고 올 리가 없었다.

게다가 지금 파울이 확인한 이들은 마왕 '잭 오칼롯'의 후계자를 자처하는 자들. 인간인 제로와 나여주, 그리고 바보 펭귄 엠페러가 마왕의 후계자일 리가 없었다.

'그래, 여기서는 실력 향상에만 집중하자! 그간 대련으로 익혀온 걸 이번 싸움에서 몽땅 숙달하는 거야.'

실제로 그녀는 오늘 이 자리에 그러한 명목으로 끌려온 참이었다.

전쟁에 가까운 대규모 싸움에서 양측 세력 어디에도 속하지 않는 다크 엘프족은 필연적으로 그들 모두와 싸우게 될 가능성이 높은 바, 그간 익힌 기술들을 몸에 체득시키고자 한다면 이만한 연습장이 없을 터이다.

'물론 이번엔 실수하면 정말로 죽는 것이지만……'

평소의 대련 역시 사실 조금만 실수하면 목숨이 위태로운 실전에 가까운 훈련이었지만, 실제 전장이라는 곳은 또 달랐다.

그녀가 전투 불능이 되거나 위기에서 물러서려고 한들, 적들은 오히려 그걸 기회 삼아 그녀의 목숨을 노려올 것이다. 만약 대련에서처럼 나중에 포션을 사용하면 된다는 안일한 마음가짐으로 싸운다면 포션을 써보기도 전에 바닥을 나뒹굴게 될지도 모르는 일이었다.

'잘할 수 있을까……?'

파울을 통해 자신의 실력이 이곳의 수많은 마종족들에게도 충분히 먹힌다는 것을 확인한 그녀였지만, 그렇다고 쓴웃음이 피어나는 것을 막을 수는 없었다.

턱!

"왜, 걱정되나?"

"예? 아, 조금……."

"걱정하지 마라. 내가 보증했다시피 넌 이곳에서도 충분히 손에 꼽히는 강자다."

파울은 가장 최근의 대련에서 벨라에게 입은 팔의 상처를 보여주며 씨익 웃어 보였다.

그 자신감에 찬 웃음은 불안에 떨던 벨라를 안심시키기에 충분했다.

"그리고… 너는 강해져서 돌아갈 곳이 있다고 하지 않았나."

"네."

"그렇다면 이 자리에서 네 강함을 한 번 증명해 봐라. 그리고 그 결과에 따라 너를 돌려 보내주마."

"아……."

파울과의 훈련을 하기 전, 그녀에게 했던 말 중에는 다크 엘프족의 최강자인 그가 인정할 만큼 강해진다면 돌려 보내주겠다는 말이 있었다.

마계의 다크 엘프족 마을에 머무르면서 강해진다는 막연한 목표만을 가진 채, 막상 그 끝에 대해선 생각해 본 적 없는 벨라에게 명확한 목표가 생긴 순간이었다. 그 말은 또한 그녀의 성장 계기가 된 말이기도 했다.

하나 그녀는 불안했다.

그녀가 강해질수록 파울은 더욱 강한 힘으로 그녀를 상대해 왔고, 파울은 단 한 번도 그녀가 '얼마만큼' 강해졌다, 앞으로 '얼마나' 더 강해지면 보내주겠다는 말을 한 적이 없었기 때문이다.

그나마 이곳에 오면서 최소한 저기에 모인 떨거지 마수족들 중엔 상대가 없을 거라는 말을 듣고 스스로가 강해졌음을 확인할 수 있었지만, 그녀의 목표는 일행의 모두를 지킬 수 있는 강력한 힘. 떨거지로 평가받는 녀석들을 상대로 강해졌다고 한들 그 정도의 강함은 무의미한 것이나 마찬가지다.

하나 마침내 이 자리에서 파울은 말하고야 말았다.

이 싸움에서 훌륭한 결과를 보인다면 보내주겠노라고.

"…좋아!"

질끈.

저 멀리 보이는 마수족의 진영과, 심해왕의 영역에 경계를 서는 수(水) 마족의 괴수들을 보며 벨라는 방패를 묶은 끈을 힘차게 동여맸다.

그러한 벨라의 모습을 보며 파울은 그녀 모르게 만족스러운 웃음을 지어 보였다.

'정말 기대되는군……'

사실 파울이 보기에 벨라의 강함은 이미 완성되어 있었다.

물론 이 이상 얼마든지 강해질 수 있는 재능을 가진 벨라였지만, 최소한 지금 그녀가 낼 수 있는 최대치에는 근접해 있는 상태라고 할 수 있었다.

'자그마치 내 몸에 상처를 낼 수 있을 정도니까.'

벨라에게 말해준 적은 없지만 사실 다크 엘프족의 전사장인 그는 이곳 마계에서도 상당한 강자에 속하는 몸이었다.

마족을 기준으로 한다면 순수하게 전투 능력을 따졌을 때 상급마족에 필적했다. 마족이 아닌 마종족들을 기준으로 한다면 각 종족의 장급에 해당하는 어마어마한 실력의 강자였다.

그런 그의 몸에 상처를 내고, 그의 공격을 받아낼 수 있다는 것은 이미 벨라 역시 보통의 마종족이나 하급, 중급 마족 정도는 충분히 상대할 만큼의 능력이 생겼다는 의미였다.

'물론 나라고 전력을 다한 것은 아니지만.'

다크 엘프로서 가진 능력과 파울의 진짜 능력을 더한다면 벨라가 그의 몸에 상처를 낸다는 것은 불가능해질 테지만, 마찬가지로 벨라가 가진 바 모든 것을 사용한다면 파울 역시 쉽사리 그녀의 방패를 뚫기 힘들 터였다.

'물론 그걸 사용할 수 있다면 말이지.'

힐끗, 벨라의 등에 매달린 금이 간 방패를 보며, 그 금의 틈새로 무언가를 뚫어져라 쳐다보는 파울의 눈은 꽤 위험한 빛을 띠고 있었다.

'저걸 제대로 사용할 수 있느냐 없느냐 하는 것은 저 녀석 하기에 달렸지.'

그녀가 가진 힘은 사실 마종족을 상대함에 있어 최강의 능력을 자랑할 뿐 아니라, 파울이 직접 가르친 방패술은 이미 수준급에 이른 만큼, 최소한 이곳에 모인 이들 중 벨라를 위험하게 할 만한 인물은 극소수에 불과할 터.

'설마 하니 저렇게까지 빠르게 강해질 줄은 몰랐는데 말이야.'

실제로 파울이 벨라와 대련을 시작했을 때, 그는 벨라의 방패술에 대해 꽤 기대를 하고 있었다.

방패는 엘프들에게 있어 꽤 생소한 물품이긴 하지만 수많은 싸움 속에서 방패의 효용과 그 위력을 잘 알고 있던 만큼, 중간계의 방패술이란 생소한 주제에 대해 기대한 것이다.

하나 기대와 달리 벨라가 방패를 무식하게 휘두르는 것 말고는 아무것도 할 줄 모르는 것을 보고 얼마나 황당했던가.

그랬던 벨라가 어느새 파울이 '완성'이라고 표현할 만큼 강해졌으니……

스윽.

움찔!

문득 파울이 바위 그림자에 은신해 있는 다크 엘프족의 전사들을 노려봤다.

벨라와 달리 수십 년간 파울 밑에서 훈련을 받고 있는 그들이었다.

하나 그들 중 벨라와 비견되는 인물은 하나도 없었고, 고작해야 간신히 밥값 좀 하겠구나 싶은 녀석들만 몇몇 있을 뿐이었다.

절레절레.

이내 고개를 저으며 그들로부터 눈을 돌린 파울이었지만, 영

문도 모른 채 파울의 싸늘한 시선을 받아야만 했던 그들은 바위 그림자 속에 옹기종기 모여 서로의 몸을 더욱 밀착해야만 했다.

"그래, 이제 곧이다. 잭 오칼롯……."

적의를 불태우는 파울의 날카로운 눈빛이 망루 위 두 사람을 향했다.

한창 각자의 준비로 바쁜 마계 남부의 해안.

그리고 그곳을 지켜보는 수많은 사람들.

그 수많은 시선들 가운데에는 그곳에 직접 참여 중인 이들보다도 긴장된 표정을 짓고 있는 사람들이 있었다.

"제발……. 설마 어느 한쪽이 전멸해 버리진 않겠지?"

"설마… 그럴 리가. 심해왕이든 꼬맹이네든 위험하다 싶으면 어느 정도 물러겠지."

"저기엔 지금 멸종 위기인 마종족이 수두룩하다고! 제발! 아멘! 나무아미타불!"

여느 때와 달리 바쁜 업무 시간인 와중에도 사무실 한 켠에 마련된 모니터링용 다각도 영상 화면 앞에 모여든 직원들은 각자의 신을 찾으며 기도를 올리고 있었다.

"제발… 이번에도 건수 터지면 정말 나 꼬맹이네 집에 쳐들어갈 거야……."

"우리 딸이… 아빠 얼굴을 기억 못할까 봐 걱정 돼."

그렇게 모두의 걱정과 염원을 담아 리버스 라이프 운영 개발 팀의 전원이 모여서 모니터를 뚫어져라 바라보던 그때, 개인용 모니터로 그 화면들을 지켜보는 단 한 사람이 있었다.

바로 화면 너머 전쟁터에 아들내미가 나가 있는 박중혁 부장 이었다.

이번 건수의 최대 공로자인 박중혁 부장의 아들은 그가 무시 당하지 말라고 쥐어준 물건으로 마계에 전쟁을 일으키는 남다 른 면모를 선보였고, 그 덕분에 박중혁 부장은 부장의 직함을 가지고도 차마 저들 사이에 끼어 모니터링을 할 수 없었다.

'그 자식, 정말 무섭게 노려보더만…….'

대로를 마계로 보내던 날, 대로가 데리고 다니는 펭귄의 마술 지팡이가 '잭 오칼롯'의 유물임을 같이 확인했던 직원은 그날 아이템을 회수하자고 했던 그의 의견을 묵살한 것에 대해 지독 히도 원망스러운 눈길로 그를 쳐다봤다.

"쩝… 뭐 그래도 여기서 적당히 끝날 테지."

모니터링 화면 앞에 모여 궁상을 떠는 직원들을 보며 그들이 듣지 못하게 혀를 찬 박중혁 부장은 이곳에 있는 다른 사람들과 는 달리 꽤 여유가 있는 모습이었다.

'아무리 날고 긴다고 해도 심해왕을 잡지는 못할 테니까.'

저곳에서 고군분투하며 다양한 계략을 생각 중인 대로에게는 미안한 말이지만 박중혁 부장은 자신이 있었다. 그도 그럴 것이 그가 직접 디자인하고 설계한 심해왕이란 놈은 저 마계의 '왕' 타이틀을 가지고 있는 몬스터들 중에서도 손에 꼽는, 괴물 중의 괴물이었다.

가진 바 능력이 압도적임은 물론, 애당초 특별한 목적을 위해 만들어진 녀석인 만큼 박중혁 부장이 직접 나서서 만들었기 때문이다.

박중혁 부장은 설령 저곳에서 큰 전쟁이 벌어져 저 화면 속 수많은 마종족들이 멸종한다고 해도 사실 크게 신경 쓰지 않았다.

애당초 이렇게 급조에 가까운 이벤트를 벌였을 때부터 여러 문제가 생길 거라는 것 정도는 예상했고, 심지어 최악의 경우 마계 남부가 무인 지대가 되는 것까지도 고려했기 때문이다.

'사실 처음부터 그럴 계획으로 설계한 마계 남부기도 하고 말이야.'

현재 마계의 남부는 사실상 무법지대라고 할 수 있었다.

남부의 지배자인 심해왕은 물을 근간으로 하는 몬스터답게 일정 구역에 힘을 집중하고 있었고, 그 덕에 남부 전역이 싸움으로 들끓고 있었다.

그 싸움에 도태된 녀석들이 지금 유저들이 목을 매는 종족 해방 퀘스트의 주인공들이었고, 이는 처음부터 박중혁 부장의 계획하에 있던 그림이었다.

'마계 남부는 처음부터 땜방용 이벤트 같은 걸 벌이기 위해서 설계한 곳이지. 가끔 가다 마계의 문을 열고 종족 추가 이벤트를 열거나, 대륙 규모의 이벤트 장소가 필요할 때 사용하려고 만들었던 곳이니까.'

남부의 지배자인 심해왕이 지상의 마종족이나 마족들에게 아무런 관심이 없도록 설계한 이유도 이를 대비함이었다.

마계의 왕임에도 녀석은 자신의 영역에만 머물 뿐 내륙에서 지지고 볶고, 장구치고 춤판을 벌여도 아무런 관심이 없다. 때문에 마계 남부는 마족, 마계 같은 유저들의 관심을 받을 만한 키워드로 행사를 벌이기에 최적화된 지역이었다.

박중혁 부장이 준비한 것은 이뿐만이 아니었다. 무법지대가 계속된다면 자연스레 영역 확장을 노리는 다른 지역의 왕들은 남부의 땅을 탐내게 될 터였다. 이러한 다른 왕들의 행동 역시 그의 설계 내용대로였고, 마계 남부라는 곳을 처음부터 그럴 목적으로 설계를 했으니 이 역시 걱정할 바가 아니었다.

하나 그런 대사건은 오로지 박중혁 부장이 정해놓은 시기에 벌어져야만 하는 바. 그는 심해왕을 설계함에 있어 '레벨 무 설정'이라는 설정을 더했다.

정확히는 나중에 마계 스테이지가 완전히 개방되었을 때, 유저들이 가장 먼저 상대하게 될 심해왕과 그 시기 유저들의 레벨

밸런스를 맞추기 위한 설정이었다.

하나 '레벨 무 설정' 의 기능은 그것만이 아니었다.

'레벨 무 설정 캐릭터는 언제나 상대의 강함 이상으로 강해지도록 설정되어 있으니까 말이지.'

그렇기에 언제나 다른 왕들보다 강한 스테이터스를 지니는 심해왕은 위엄만으로도 마계 남부를 다스릴 수 있고, 다들 그의 땅을 탐내지 못하는 것이었다.

그리고 이 말인즉슨, 대로가 상대하게 될 심해왕은 무조건 대로보다 강한 존재일 수밖에 없다는 것이다. 물론 그게 아니더라도 기본 능력치가 600~700레벨의 보스급 몬스터를 기준으로 설계되어 있는 만큼 지금의 유저들이 떼로 달려든다고 해도 심해왕을 잡는 것은 불가능했다.

"다른 종족들이야 멸종하든 말든."

애당초 소모성으로 준비된 몬스터들이 모인 지역이 남부인만큼 남부에 살아 숨 쉬는 것이 심해왕뿐이더라도 그 하나만 있으면 남부는 아무런 문제가 없었다.

물론 이런 사실에 대해 이곳 운영 개발 팀의 직원들은 알지 못했다.

마계 남부를 소모성 몬스터들과, 이벤트용 몬스터들로 채운다는 것이 알려지면 분명 대충대충 어디서 색 반전만 한 복사 붙여넣기 몬스터들로 채울 것이 뻔하기에 이에 대해 말하지 않은 것이다.

그러니……

"오오! 신이시여!"

"제발 우릴 구원하소서!"

"알라… 알라를 믿어야 한다!"

…저 멍청한 짓거리는 아무 짝에도 쓸모없다는 것이었다.

'뭐, 재밌으니 놔둬야지.'

이제 결과가 어떻게 되든 그날 하루 종일 낙담 내지는 환호를 지르고 다닐 부하 직원들을 상상하며 한참 후에나 진실을 밝힐 것을 다짐한 그는 다시금 화면으로 시선을 돌렸다.

차분한 박중혁 부장의 눈에 무언가에 열중하는 대로의 모습이 비쳤다.

Chapter 5

감성 팔이 신파극

"저거… 그거지?"

"응? 뭐가?"

답답함에 문득 하늘을 올려다봤을 때, 내 눈에 들어온 것은 마계의 침침한 하늘에 어울리지 않는 밝은 빛깔의 파란 새였다.

자연이 만들어낸 색상이라기엔 너무 인위적으로밖에 안 보이는 그 새는 눈에 띄는 밝은 파란빛을 띠고 있었지만, 어째선지 이곳에 모인 그 누구도 저것에 대해 신경 쓰지 않는 듯싶었다.

심지어 여러 마리가 군데군데 흩어져 있음에도 말이다.

'옵저버가 떴다는 말이지?'

하늘을 날고 있는 파랑새.

다른 이름은 옵저버.

게임 내의 특수 권한을 필요로 하는 곳을 제외한 모든 지역을 제한 없이 돌아다닐 수 있으며, 심지어 물속이나 땅속은 물론, 용암이나 지층의 단면까지도 촬영이 가능한 특수한 프로그램이었다.

모양은 저렇게 새의 모습을 하고 있지만 필요에 따라서 어떤 모습으로든 변경이 가능하고, 공개 대상을 설정해 지금처럼 NPC가 인지하지 못하도록 하는 경우도 있었다.

특히 이 NPC 인지 불가 설정의 경우엔……

"엠페러, 저기 저 새 보여?"

"응? 보인다, 주인."

"저런 새가 마계에도 살아?"

"나는 처음 보지만… 마계는 넓으니 저런 새도 있을 수 있는 것 아니겠는가, 주인. 마치 아프리카에는 라면이 없을 거 같다는 차별적인 발언은 하지 않는 게 좋을 거 같다, 주인."

"……"

이렇게 혹시나 NPC가 보더라도 아무런 문제가 없게끔 설정이 되어 있었다.

'인지 불가 기능이 이 바보를 논리적으로 만든다는 점이 놀랍긴 하지만… 어쨌든 이로서 옵저버인 것은 확실하군.'

인지 불가 기능에는 NPC와 유저 모두가 인지할 수 없는 기능과 NPC만 인지할 수 없는 기능이 있다. 이렇게 후자의 설정이 되어 있는 것이라면 의도는 명확했다.

'유저는 옵저버의 존재를 알고 있어야 한다는 거지.'

그리고 옵저버에 대해 나름 상세한 정보를 가진 나는 저 옵저버를 조종하고 있는 것이 누구인지도 어느 정도 알 수 있었다.

"방송… 방송인 거군."

"…아까부터 무슨 혼잣말을 하는 거야?"

내 중얼거림에 옆에 있던 나여주가 짜증을 냈지만, 이를 가볍게 무시한 나는 다시 생각에 잠겼다.

'만일 운영진 측에서 모니터링을 위해 옵저버를 띄운 것이라면 굳이 유저들에게 모습을 보일 필요가 없을 뿐 아니라, 애당초 저렇게 단 몇 대가 돌아다니는 수준이 아닐 거야.'

지금쯤 본사의 운영 개발 팀은 모니터 하나당 수십 대에 이르는 옵저버를 돌리고 있을 테고, 그들 모두는 투명화한 상태로 이곳의 상황을 촬영 중이리라.

'확실히 리버스 라이프는 방송의 소재가 되기에 안성맞춤이지.'

꽤 오랜 시간이 지난 것 같지만 내가 리버스 라이프 속 파라다이스와 관련한 영상을 뉴스로 시청한 지는 그리 오래 지나지 않은 일이었다.

뿐만 아니라 리버스 라이프의 사회적 관심도는 게임이 오픈

한 이래 지속적으로 커져만 가고 있고, 게임의 정보를 원하는 유저들과 새로운 삶을 찾는 사람들은 나날이 늘어만 가고 있었다. 그리고 이러한 사회적 욕구는 방송의 콘텐츠로 삼기에 안성맞춤이라고 할 수 있었다.

'거기에 여태 리버스 라이프에는 없던 이런 대규모 전쟁. 심지어 이벤트 상황에서의 전쟁이라면 케이블 방송의 게임 채널 정도가 아니라 공중파 뉴스에서 가십으로 소개한다고 해도 전혀 이상하지 않아.'

실제로 당장 망루 위에 올라 이곳에 모인 녀석들을 내려다보기만 해도 그 압도적인 숫자에 장엄함을 느끼게 되고, 현실에는 존재할 수 없는 개성 있고 위압적인 모습에 가슴이 뛸 정도였다.

이만한 그림이라면 저 높은 곳에서 몇 장면 담아내기만 해도 뉴스의 소재로 충분할 터. 저 하늘에 날고 있는 옵저버가 어느 방송사의 것인지는 알 수 없지만, 분명한 것은 방송용 옵저버라는 점이었다.

"저걸 잘만 이용하면……."

"그러니까……."

"…응?"

"저게 뭐냐고!"

따악!

"크흑!"

순식간에 내 정수리를 때리고 지나가는 나여주의 주먹에 비명을 지르긴 했지만, 사실 딱히 아프지는 않았다. 전사에 가까운 스텟을 가진 내가 마법사의 주먹에 맞아봤자 얼마나 아프겠는가.

'그래도 하늘에서 방금 옵저버 눈이 반짝거린 건 착각이었으면 좋겠는데…….'

지금 모습이 방송을 타면 많이 쪽팔릴 테니까.

마계 남부가 전운에 휩싸인 그 시각.

수많은 사람들이 각자의 컴퓨터 모니터 혹은 텔레비전 앞에 앉아 화면 안의 리버스 라이프의 세계를 쳐다보고 있었다.

장엄하게 늘어선 마종족의 군세.

그와는 별개로 아무런 움직임도 없이 고요하기만 한 심해왕의 진영.

폭풍전야와 같은 고요함만이 흐르는 영상을 보며 사람들은 느긋한 표정으로 그 모두를 관찰하고 있었다.

그리고 이들이야말로 대로가 옵저버를 보고 떠올린 방송의 시청자들이었으며, 그들이 보고 있는 것이 바로 게임 속 상황을 실황 중계하는 방송이었다.

게임 속 시간과 현실 시간의 차이 때문에 완벽하게 생방송으로 중계되고 있지는 않지만, 어차피 아직 전투가 시작되지 않은 지금 화면에 담을 만한 내용은 그다지 많지 않았다. 때문에 조금씩 일부만을 떼어 보여주는 것만으로도 시청자들을 사로잡기엔 충분했다.

이 방송을 보는 이들은 대부분 게임에 관심은 있으나 각자의 사정으로 직접 참가할 수 없는 이들이었으니 그런 흥미는 더욱 클 수밖에 없었다.

이들이 참가하지 못하는 이유는 다양했다. 게임 장비가 고가인 탓에 유저가 아닌 경우부터, 유저임에도 능력이 모자라 마계에 갈 수 없는 경우 등. 하지만 모두가 이 채널에 시선을 고정하고 있는 이유는 같았다.

본디 방송을 통해 무언가를 본다는 것은 단순한 유희를 위함도 있지만, 자신은 체험할 수 없는 것에 대리 만족을 하기 위한 경우가 많다.

드라마는 물론 여행, 기행 프로그램과 다양한 먹거리를 소개하는 프로그램까지, 그 모든 것은 불특정 다수의 대리만족을 위해 꾸며진 것들이다.

그리고 지금 이들이 시청하고 있는 LL(Live Life)채널은 리버스 라이프 전용의 라이브 채널로, 리버스 라이프 속 다양한 이야기를 취재하거나 유저들도 쉽사리 가보기 힘든 명경지 등을 보여주는 채널이다. 또한 현재 리버스 라이프와 관련한 채널 중에 가장 인지도가 높은 채널이기도 했다.

물론 게임과 현실의 시간 차이 때문에 진짜로 라이브로 모든 것을 보여주지는 못하지만, 오히려 그 시간 차이 덕에 영상 편집 시간이 생겨서 더욱 좋은 영상이 나오곤 했다. 때문에 채널 이름이 'Live'인 것에 대해서 불만을 표하는 사람은 없었다.

게다가 글로리아 컴퍼니와의 제휴를 통한 옵저버 시스템 촬영 방식은 옵저버의 눈으로 전체를 관람하며 특이한 장면들을 확대해 보여주는 것이 가능했다. 때문에 게임에 익숙하지 않은 사람들도 그때그때 흥미로운 장면들만을 보며 즐길 수 있다는 특징이 있었고, 이는 LL 채널에서 굉장히 각광받는 시스템이었다.

그리고 지금, 그 특징이 최대의 진가를 발휘하고 있었다.

"…저게 뭐야?"

"으응?"

[엄마, 엄마! 일어나 봐!]

[…이 엄마는 여기까지인가 보다. 심해왕의 간만 있었다면……. 엄마가 같이 있어주지 못해서 미안해……. 엄마가… 미…안…….]

툭.

[어, 엄마? 엄마! 엄마!!!]

조금 전 게임 커뮤니티를 뜨겁게 달군, 이 사건의 배후로 지목되는 흰 가면의 남자가 여자에게 정수리를 얻어맞는 모습에 웃던 것도 잠시.

얼마 지나지 않아 화면에 나오기 시작한 신파극에 모두들 화면을 보며 어리둥절해했다.

[심해왕의 뿔만 달여 먹는다면 아버지를 구할 수 있어!]

[심해왕···! 가족의 원수! 오늘을 위해 십 년간 송곳니를 갈았다!]

[후후··· 심해왕의 3번 갈비뼈만 가져가면 장인어른께 결혼을 승낙받을 수 있어!]

[드디어 결전의 날이야, 친구. 너는 부상을 입었으니 먼저 가서 기다려 줘. 그리고··· 이건 그녀에게 전해줘.]

아버지의 고질병인 습관성 어깨 탈구를 고치기 위해 마왕의 뿔을 분지르러 가는 아들의 여정, 가족의 원수를 갚기 위해 송곳니를 스케일링하는 미수족의 불타는 두 눈, 장인어른께 드릴 선물로 고아 먹기 좋은 마왕의 3번 갈비뼈를 선택한 노총각, 거기에 먼저 고향에 가는 친구에게 여자 친구에게 줄 선물을 건네며 사망 플래그를 세우는 마수족까지……

상투적이기 짝이 없는 그 이야기들은 주인공들이 듣도 보도 못한 괴물들이라는 것만 제외하면 하품이 나올 만큼 지루한 내용들이었지만, 단 한 가지 공통점을 가지고 있었다.

바로 심해왕을 처리해야만 하는 이유가 있다는 것.

여태 그곳에 모인 이들은 물론, 이들의 싸움을 기다리며 화면을 보고 있던 이들조차도 심해왕과 그 휘하에 있지 않은 마종족들이 왜 싸움을 벌이려고 하는지 알고 있는 사람은 전무했다.

그저 흘러나온 얘기로 정치력이 약한 심해왕에 반발하여 일어난 싸움이라는 정도로 알려졌을 뿐.

하나 시금 이 순간 LL 채널을 통해 쏟아져 나온 신파극들은 그들이 왜 심해왕에 도전하려 하는지 알려주고 있었다.

물론 저따위 이유로 마수족, 마족, 마종족 나부랭이가 하극상을 하다못해 왕의 모가지를 노린다는 게 상식적으로 이해가 가지 않았지만, 그들이 벌이는 신파극 속 피치 못할(?) 사정과 다양한 이야기들은 이를 지켜보는 사람들로 하여금 그들을 감성적으로 만들어, 마음을 동요시켰다.

특하나 리버스 라이프의 모든 지성체는 시스템에 반하는 내용을 제외하면 각자의 자유의지에 따라 움직이는 생명체와 같다는 것은 이미 널리 알려진 바. 저 모든 이야기들이 억지 감동을 주기 위해 짜인 각본이 아니라 게임 속 그들의 실제 삶의 이야기라는 점에서 시청자들을 눈물짓게 만들었다.

물론 이 모든 것을 지시할 수 있는 신비의 요술 봉(?)이 있다는 사실을 알았다면 모두들 속았다고 화를 냈겠지만, 일단은 그 누구도 화면 속 이야기에 의심을 갖는 사람은 없었다.

그리하여 게임 시간으로 약 4시간, 마찬가지로 현실 시간으로 약 1시간이 지났을 때.

세상 사람들은 1~2분짜리 단편 신파극들에 중독되어 눈물을 쏟으며 반란군(?)을 응원하기 시작했고, 전 세계에 방영 중인 LL채널은 역대 최대 시청률을 마구 갱신하며 '심해왕 나쁜 놈 만들기'에 일조했다.

"호호호… 성공이야."

게임 속 기능으로 활성화된 게시판에서 현실의 분위기를 확인한 나는 모든 게 계획대로 진행되고 있음에 음침한 미소를 흘렸다.

마침 곁에서 같이 게시판을 보고 있던 나여주는 이를 보며 질색하는 표정을 지었다.

"진짜 야비하네……."

"후후, 칭찬으로 듣지."

지금 현실의 분위기는 심해왕은 인정머리라곤 쥐꼬리만큼도 없는 인물로 치부되는 상황에까지 도달해 있었다.

일부 깨어 있는 사람들이 영상 속 괴물들의 발 연기와 몇 번이나 포착된 안약을 넣는 모습, 전편에서 죽은 엄마가 다른 곳에 엑스트라로 걸어 다니는 모습 등을 증거로 내보이며 선동당한 이들을 일깨우는 시도를 하고 있었지만…….

'후후, 괴벨스는 말했지. 선동은 한 줄로도 가능하지만, 반박하기 위해서는 수많은 증거가 필요하다고…….'

뭐 이 명언이 괴벨스가 한 말이 아니라는 말도 있지만, 그걸 따질 때가 아니다.

어쨌거나 선동에 반박하는 데는 그것을 압도할 정도로 수많은 증거가 필요한 법이다.

그리고 지금 세상 사람들은 현실 시간으로 한 시간 가량의 드라마에 선동된 상태.

이렇게 된 이상 심해왕 주연의 다큐멘터리 영화가 나오거나 심해왕이 대국민 담화에 나와 눈물이라도 흘리며 억울함을 호소하지 않는 한 사람들의 인식을 바꾸기란 힘들 터다.

'뭐 증거들이 빠르게 확산되는 걸 보면 언젠가 시간이 해결해 줄 거란 생각이 들긴 하지만… 그때쯤이면 이 계획은 이미 마무리되어 있을 테지.'

어차피 이걸 통해 노린 바는 잠깐의 혼란과 명분.

그저 가십과 대리 만족이 필요한 사람들에게 이런 이유는 금방 잊혀질 것이 뻔했다.

"그래서… 이런 일을 계획한 이유가 뭐야?"

"응? 내가 말 안 해줬던가?"

능청스럽게 되물은 나였지만 나여주가 이 계획이 진행된 이유를 모르고 있음은 나 역시 알고 있는 사실이었다.

방송용의 옵저버를 발견하자마자 진행된 이 계획은 양측 진영이 어수선한 틈을 노린 것이기에 시간이 그다지 많지 않았다. 그 덕에 자연히 일행에게조차 설명은 뒷전으로 한 채 진행한 것이지만. 아까 전 나여주와 엠페러의 대화 때문인지 그다지 설명할 필요성을 못 느끼고 있던 차이기도 했다.

'뭐, 이 녀석 정도면 알려줘도 괜찮겠지.'

어차피 지금부터는 두 바보가 알게 되어도 아무 영향도 없을 테고 말이야.

그렇게 생각한 나였지만, 그럼에도 한쪽에서 우리가 뿌린 신파극 대본을 보며 눈물을 흘리는 엠페러를 본능적으로 피하며 나여주를 따로 불러내 귓속말로 계획을 설명했다.

소곤소곤.

"일단 우리는……."

"응응!"

"지금부터 쳐들어갈 거야."

"응응! …응?"

비밀 이야기를 나눈다는 것 자체에 이미 흥분한 듯 콧김을 뿜으며 고개를 끄덕이던 나여주는 이어진 내 말에 휘둥그레 눈을 뜨며 나를 쳐다봤다. 나는 그런 나여주를 향해 야비한 미소를 그려 보이며 나머지를 설명해 나갔다.

"지금이라면… 저쪽의 유저들은 절대로 힘을 못 써."

"으응……?"

나여주는 앞뒤를 자르고 결론뿐인 내 설명이 잘 이해가 안 된 듯 고개를 갸웃거렸지만, 이내 몇 차례 설명이 더 이어지자 크게 고개를 끄덕이며 감탄했다.

"와! 진짜 치사하네."

"같은 편인데 똑똑하다고 하지."

나여주의 말에 게슴츠레한 눈으로 불만을 표한 나였지만, 사실 그 말이 크게 틀리지도 않았다.

내가 노리는 것은 유저가 참여할 수 없는 분위기를 만들어서 그들이 우리를 방해하지 못하게 하는 것이었다.

앞서도 말했다시피 유저가 있는 것은 우리 진영만이 아니었다.

우리의 포고령 이후, 심해왕 본인은 별다른 움직임이 없었지만 그 휘하에 있는 종족들이 심해왕의 진영으로 모여드는 것이 확인된 바 있었다.

이 말인즉슨 그곳에도 우리와 같은 포고령이 돌았을 확률이 높다는 것이며, 마찬가지로 유저들이 있을 가능성이 높다는 의미이기도 했다.

심해왕 측의 경우 아무래도 절대 다수에 속하는 내륙의 종족들에 비해 퀘스트를 받은 인원이 적을 수밖에 없지만, 이미 말했다시피 그들은 이 마계에서도 퀘스트를 수행하고 있는 만큼 강자에 속하는 이들이었다.

그런 이들이 우리를 상대하고자 마음먹는다면 아무리 숫자가 압도한다고 한들 그에 따른 피해가 발생하는 것은 어쩔 수 없을 터. 심지어 우리 측 진영의 유저들 역시 이해득실을 따지며 눈치만 보고 있는 상황이었으니 유저의 참전은 우리에게 좋을 게 없는 상황이었다.

하지만 지금은 달랐다.

심해왕의 편에 선다는 것은 지금 분위기에서는 사회적 매장(?)을 감수하겠다는 의미와 다를 바 없다. 그만큼 심해왕 진영의 분위기는 좋지 못했다.

그런 와중에 나름대로 게임 상에서 명성을 떨치고 있는 강자라는 자들이 자신의 이익을 위해 심해왕 편에서 모습을 드러낸다? 아마 앞으로의 게임 생에 지대한 불편이 발생하게 될 것임은 굳이 말할 필요도 없으리라.

그와는 반대로 우리 쪽 진영의 분위기는 어떠한가.

한 시간의 방송을 통해 우리 측의 이미지는 심해왕이라는 절대 악에 대적하는 절대 선의 군대로 포장되어 있었다.

이곳에 속해 이들을 지키고 심해왕을 적대하는 것은 정의로운 일로 널리 알려진 것이다.

물론 공명심에 미쳐 날뛰는 바보가 아닌 다음에야 이 싸움에 투신하는 경우는 없을 테지만, 어쨌거나 이 싸움 속에서 적 진영의 유저를 묶어두고, 우리 진영의 유저에게 참전의 명분을 더해주는 상황이 되었으니 몇 시간에 걸쳐 그린 내 그림은 아주 좋은 그림이라고 할 수 있었다.

'혹시 나중에라도 난입하는 녀석이 있을지도 모르니, 미리미리 명령해 놔야지.'

나는 아까까지 신파극을 지휘, 감독하기 위해 엠페러에게서 잠시 뺏어두었던 잭 오칼롯의 마술 지팡이를 들고 지나가는 마수족 하나를 붙잡아, 우리 진영 쪽에서 모습을 드러내는 인간이 있다면 절대 공격을 하지 말라고 명령을 하고, 이를 전파하도록 시켰다.

그러자 나에게 명령을 받은 녀석은 겁에 질린 모습으로 본진에 뛰어들더니 양 떼 속에 뛰어든 늑대마냥 그 안을 헤집으며 마구잡이로 내 명령을 뿌리고 다녔다.

덕택에 서큐버스 퀸의 도움으로 간신히 진열을 갖추고 있던 진영이 엉망이 되어버렸지만, 동심원을 그리며 고함 소리와 함께 퍼져 나간 내 명령은 이곳 어딘가에 몸을 숨기고 있을 수많은 유저들에게 모두 들렸을 테니, 일석이조라면 일석이조였다.

'뭐 그래도 효과가 과한 건 사실이지만……'

조금 전 녀석도 그렇지만, 내가 들고 있는 이 잭 오칼롯의 마술 지팡이는 여기에 모인 마종족들에게 정말이지 절대적인 위엄을 가지고 있었다.

덕분에 이 괴수들에겐 전혀 어울리지 않는 신파극도 어렵지 않게 진행할 수 있었고, 몇몇 눈물 연기가 안 되는 녀석들도 지팡이를 코앞에 갖다 대기만 하면 눈물을 펑펑 쏟는 덕분에 안약을 낭비하지 않아도 돼서 좋았다.

이런 엄청난 권능을 지니고 있기에 인간에게 큰 적의를 가진 이 녀석들에게 인간을 공격하지 말라는 어처구니없는 명령도 내릴 수 있는 것이기도 하다.

'어쩌면 이런 간섭 없이, 심해왕 측에서는 처음부터 유저가 나올 수 없는 환경이었는지도 모르지만……'

심해왕과 우리의 입장이 엄연히 다른 만큼, 심해왕이 자신 휘하 종족을 따라온 유저들이 싸움을 돕는 것을 허락하지 않았을 수도 있다. 하지만 그럼에도 이러한 대비는 필요했다.

유저라는 존재가 있을지 없을지 불확실하다는 것이 첫째, 수준 이상의 마족들은 사람이라 불러도 부족함이 없을 만큼 뛰어난 지성을 가졌다는 것이 두 번째였다.

　마계의 왕이라 불릴 만한 녀석이라면 어쩌면 그 지적 수준은 평범을 불허하는 수준일지도 몰랐다. 그만한 두뇌를 가진 녀석이라면 공짜로 생긴 전력을 굳이 내치는 짓은 하지 않을 가능성이 높다.

　'뭐 이것도 저것도 다 가설이긴 하지만.'

　어쨌거나 적 진영 측의 유저 개입은 여러모로 성가신 것이었는데, 이렇게나마 그들의 난입을 막은 것은 고무적인 일이었다.

　그리고… 이제부터는 잔머리가 아닌 진짜 싸움을 할 때였다.

　'이제나저제나 양측의 분위기는 어수선한 상황. 굳이 따지자면 유저의 조력 가능성이 있고 숫자가 많은 우리가 유리하긴 하지만, 심해왕 본인의 전력이 어느 정도인지 알 수 없으니 안심할 수는 없어.'

　하나 그렇다고 해도 자신감을 잃지는 않았다.

　누가 뭐래도 전쟁에서 가장 중요한 숫자에 자신이 있었고, 나와 나여주, 그리고 엠페러의 전력에 자신이 있었다.

　"그래, 이제 시작이야."

　"그래, 이제 시작할 마음이 생긴 건가?"

축축한 습기로 가득한, 거대한 옥좌.

그곳의 꼭대기로부터 우렁우렁한 목소리가 울려 퍼지며 옥좌가 있는 홀을 떨어 울렸다.

홀의 곳곳에 장식된 횃불 역시 울림에 맞춰 몸을 흔들고, 그에 따라 옥좌를 장식한 정체불명의 검은 보석의 광택이 시야를 어지럽혔다.

하나 그럼에도 옥좌 위의 존재는 검은 베일에 싸인 듯 새카맣게만 보일 뿐 모습이 보이지는 않았다.

"그렇습니다."

이곳 옥좌의 홀에서 말을 할 수 있는 자격이 있는 것은 이곳의 주인인 심해왕과 그의 심복 몇몇뿐. 그중 심해왕의 심복인 케일투스가 특유의 찢어지는 듯한 음성을 내며 앞으로 나섰다.

"…조금 전 첩보에 따르면 잭 오칼롯의 후계자들이 적극적으로 움직이기 시작했고, 병력의 일부를 재배치하기 시작했다고 합니다."

잭 오칼롯의 후계자라 함은 마술 지팡이를 지닌 엠페러였지만, 그것을 공동 소유자마냥 사용하고 있는 대로나 나여주 역시도 후계자로 인정받고 있었다.

뭐 후계자가 단 하나일 필요는 없지 않겠는가?

그리고 하나든 둘이든, 혹은 셋이든, 그 이상이든.

"오랜만에 지루함을 풀겠군."

그에게는 상관없는 일이었다.

"유희를 즐기실 거라면… 미리 문을 열어두라 지시할까요?"

"아니, 그래서는 저 멍청한 녀석들이 자만하게 될 터. 나는 녀석들이 겁에 질려 벌벌 떨며 내 옥좌 앞까지 오는 모습을 보고 싶다."

"…그렇담 최대한 저지하고, 쓸 만한 녀석들로 추려 올려 보내도록 하겠습니다."

"그거 좋군."

거대한 크기로 만인을 압도하는 옥좌, 홀의 천장에 닿는 그 옥좌의 끝에서 웃음을 띤 기다란 입이 나타났다.

꿀꺽.

옥좌의 구석에서 고개를 들어 그 모습을 지켜보던 케일투스는 저도 모르게 침을 삼키고는 곧장 자리에서 일어나 움직이기 시작했다.

"그럼, 저 시체들은 미리 치워놓겠습니다."

"그래, 손님이 오는 데 정리를 해야겠지."

케일투스와 어둠 속에 감춰진 존재의 시선이 닿는 곳.

그곳엔 엉망진창으로 짓이겨진 시체들이 무더기로 쌓여 있었다.

얼굴은커녕 팔다리가 제대로 남아 있는 시체가 없던 탓에 그것이 누구였다 특정할 수는 없었지만, 그들이 가진 장비와 군데

군데 남은 온전한 부위의 시체들이 그것이 인간이었음을 알려 주고 있었다.

부웅.

어떤 신비한 마법을 사용한 것인지, 케일투스의 손짓에 따라 움직인 시체의 덩어리는 이내 그와 함께 어둠 속으로 사라졌고, 옥좌의 홀에 홀로 남은 존재. 심해왕이 재밌다는 듯 혼자 킬킬거렸다.

"역시 재밌단 말이야, 인간은……. 겁도 없이 이 몸에게 그런 제안을 하다니."

조금 전 케일투스와 함께 사라진 시체.

그것은 대로가 그토록 걱정하던, 심해왕과 협력을 꾀한 인간들이었다.

"자, 마왕의 후계자를 자처하는 인간아. 너는 어떤 말로 나를 즐겁게 할 것이냐? 키히히힉."

시체가 끌려 나간 자리.

점점이 떨어져 있는 핏자국 위로 심해왕의 숨죽인 웃음소리가 내려앉았다.

Chapter 6

해일과 전함

부르르.

"왜 그러는가, 주인?"

"으응? 아니. 갑자기 한기가 들어서……."

정체불명의 한기에 몸을 떨었던 내가 스스로의 행동에 오히려 의아해하자, 엠페러가 다행이라는 듯 한숨을 내쉬며 말했다.

"휴, 다행이다, 주인. 나는 주인이 긴장해서 오줌이라도 싼 줄 알았다. 이번에 심해왕을 처치하더라도 어디 가서 오줌싸개 주인을 뒀다고 말할 수는 없으니… 하마터면 부끄러울 뻔했다, 주인."

"……."

추워서 몸을 떨었을 뿐인데 거기까지 생각을 이어나간 이 새 대가리 녀석의 사고 능력을 칭찬해야 하는 걸까, 아니면 일단 한 대 때리고 봐야 하는 걸까?

"…으음."

차마 전투 시작 직전인 지금, 내 최강의 공격 수단이자 최고의 방패인 엠페러에 흠집을 낼 수 없었기에 침음하는 것으로 번쩍 들어 올렸던 손을 도로 내릴 수 있었지만… 너 이거 적립해 놓은 거다.

알 수 없는 한기에 몸을 떠는 엠페러가 자신의 정수리를 매만지며 갸웃거리는 사이, 나는 거대한 군세의 수장이라기에는 좀 초라한 모습으로 심해왕의 진영을 감시하는 중이었다.

"확실히 그냥 개활지로밖에는 안 보이네, 딱히 병력도 보이지 않고……."

"밖에 경계를 서는 녀석들도 그다지 의욕적이지는 않은데?"

"주인! 저 녀석 과자 먹는다, 주인!"

전쟁 전이라기엔 너무 평화로운 풍경.

마치 그들의 진영 앞에 우리가 있다는 것을 전혀 모르는 듯 잠잠한 심해왕 측 경계병의 모습에 나는 맥이 탁 풀리는 것을 느꼈다.

하지만 긴장의 끈을 놓기엔 너무 일렀다.

확실히 심해왕 측 진영은 전쟁 직전의 모습이라기엔 평화롭다 못해 나태한 모습이었다.

또한 그들의 진영은 바다에 인접해 있기는 하나 분명 내륙의 개활지에 있었기에 그들의 특성과는 아무런 연계가 되지 못했다.

하나 그럼에도 심해왕이라는 존재가 주는 위압감은 절대 허투루 볼 수 있는 게 아니었다.

'게다가 심해왕도 물과 관련한 마수족 등을 불러 모았다고 했으니… 분명 우리를 경계하고 있을 터, 그렇다면 역시 관건은 저 성이려나?'

우리에게 너무나 유리하게 돌아가는 싸움 환경이었지만, 유일하게 단 하나 걱정거리가 있다면 바로 저 개활지 위에 우뚝 서 있는 성 한 채였다.

위로, 그리고 좌우로 커다랗게 뻗어 있는 성은 보호할 성벽이나 해자 따위도 전혀 없이 그 자체의 모습을 드러낸 모습이었다. 하지만 성 그 자체가 주는 위압감이 나를 심란하게 했다.

'아마 진짜 정예들은 저 안쪽에 있겠지. 불러 모은 종족들도 저 안에 있을 테고……'

불러 모은 종족들은 모두 저들 사이에서 도태된 약자의 무리이며, 그들을 부른 것은 마계에 나타났다는 인간들이 궁금해진 심해왕의 유희였다.

그들을 구출하는 퀘스트를 받았던 유저들은 심해왕이 심심풀이로 죽여 버렸다는 것을 모르는 나는 여전히 그들에 대해 경계

할 수밖에 없었다.

'일단 유저가 나설 거라는 생각은 확실히 접어두자. 이런 전력 차와 환경이라면 저들도 승산이 없다고 생각할 테니 나서지 않을 거야.'

남들보다 빠르게 성장한 고레벨의 유저란 그만큼 계산이 빠르고 이득에 민감했기에 '강자'의 반열에 오른 것이다. 그런 그들이 보상이 아무리 탐이 난다고 한들 많은 사람들의 비난을 받으며 승산 적은 싸움에 목숨을 배팅하진 않을 터였다.

"일단 성까지 최대한 적은 피해로 움직이는 게 관건이겠군."

저 안에 얼마나 많은 병력이 있고, 얼마나 강대한 몬스터들이 있을지 알 수 없는 만큼 저곳에 가기까지 최대한 전력을 비축하는 것이 좋았다.

물론 그렇다 해도 성의 규모를 생각해 봤을 때는 한계가 있을 테지만… 우리의 목표는 단순히 성의 점거가 아니다.

'심해왕… 심해왕을 잡는다!'

그리고 그것을 실현하기 위한 첫 번째 전략은 다구리.

그것은 많은 아군이 있어야만 가능한 일이었다.

나는 품속에서 송송 구멍 난 돌멩이를 꺼내 들었다.

"전군 전진, 빠르게 진영을 점거한다."

불과 몇 시간 전까지만 해도 길바닥에 굴러다니던 흔해빠진 돌멩이는 서큐버스 퀸의 마법으로 훌륭한 무전기가 되어 나의 명령을 각 부대의 수장들에게 전했다.

물론 부대라고 해봤자 개체가 많은 종족들을 대충 묶어서 편성하고, 자잘한 종족이나 비슷한 생김새끼리 모아서 섞어놓은 오합지졸에 불과했지만, 부대의 수장들은 그들 모두가 납득할 만한 강한 녀석들로 뽑아냈으니 없는 것보다는 훨씬 나을 터였다.

'절대 권력이 있으니 이런 물건으로도 효율이 좋네.'

돌멩이에 대고 한마디 했을 뿐인데, 저 멀리서부터 일사불란하게 부대 편성을 마치고 이곳으로 달려오기 시작하는 괴수 떼를 보면서 새삼 잭 오칼롯이란 마왕에게 감탄했다.

도대체 얼마나 굴려 대고 괴롭혔으면 당사자도 아닌 후손들이 그의 신물에 이렇게 복종하고, 난생 처음 보는 놈의 말을 따라 전쟁에 참여한다는 말인가?

심지어 도망가는 놈은커녕 반항하는 놈 하나 없이, 돌멩이에 대고 말만 하면 저 많은 몬스터들이 하라는 대로 모두 굴렀다.

'단방향 무전기라 사용이 제한적일 거라고 생각했는데 말야.'

이제 와 하는 말이지만 지금 들고 있는 이 돌멩이는 쌍방 간에 소통이 가능한 물건이 아니었다. 단순히 나의 말을 전달만할 뿐 저들로부터 보고를 듣는 것은 불가능하며, 심지어 너무먼 거리에서는 통신이 불가능하기까지 한 조잡한 물건이었다.

그런 탓에 아이템 설명을 봐도 '통신 마법이 걸린 돌'이라는이름만 나올 뿐, 어떤 설명도 없었다.

하나 잭 오칼롯의 후광이 있었기에 이 돌멩이는 맡은 역할 그 이상의 기능을 하고 있었다.

어차피 쌍방 간의 소통이 가능하다고 했더라도 저 녀석들 중간 크게 먼저 말을 걸 만한 녀석도 없었고, 만일 내가 성을 공략하라고 시켰다면 함정이 있든 매복이 있든 간에 보고도 없이 일단 쳐들어갔을 테니 일방적인 송신 기능으로도 충분했다.

'그런 면에서 보면 확실히 서큐버스 퀸은 대단하지.'

이러한 물건을 단시간에 준비해 낸 것도 그렇지만, 처음 내가 마법 걸린 돌멩이를 보고 실망한 표정을 지었을 때, 걱정할 필요 없다며 이미 이 상황을 예견한 듯 미소를 짓던 서큐버스 퀸은 확실히 대단한 존재였다.

그렇기에 더욱 의심이 갔다.

저만한 지성, 저만한 능력을 지니고도 인간인 우리에게 저토록 완벽히 복종하고, 헌신하고 있다는 것이 말이다.

'진짜 경계를 해야 하는 건 의외로 이쪽인지도……'

두두두두두!

내가 그런 생각을 하는 사이 우리의 뒤편에 있던 군대는 어느새 우리가 숨어 있는 지역을 지나 심해왕의 성이 있는 진영으로 발을 뻗고 있었다.

육지에 특화된 종족들이 다수 있는 덕에 벌어진 일이었다.

"엄청나게 빠르네."

"아까 설명할 때 뭐 들었어?"

"주인, 저들은 사족 보행을 하는 종족들이다. 당연히 빠를 수밖에 없다."

그런 건 말하지 않아도 안다고.

다만 저 돌진이 생각보다 훨씬 빠르다는 거지.

"뭐… 어쨌든 원래 목표가 저거였으니까."

잭 오칼롯이라는 피에 새겨진 이름 앞에 온 힘을 다해 명령에 따르는 자들.

조금이라도 더 명령에 가깝게, 그리고 우리 일행으로부터 멀어지기 위해 전력으로 돌격하는 녀석들을 보며 나는 눈을 빛냈다.

'이제 어떤 결과가 나오려나.'

무식하기 짝이 없는 돌격.

적들의 함정, 전력 따위는 완전히 무시한 전략.

아니, 전략이라고 할 수도 없는 진격이었다.

하나 그것이 나의 노림수였다.

'저건 모두 화살 받이들이지. 이런 막무가내 돌격에 어떻게 대응하는지 알아보기 위한.'

기실 저기 저 돌진하는 종족들은 빠른 속도만큼이나 강력한 종족들도 있었지만, 반대로 약하기 때문에 오직 '빠르기만 한' 녀석들도 있었으며 그들이 저 부대의 대다수를 차지하고 있었다.

강력한 마계의 타 종족들로부터 살아남기 위해서 저항하는 것을 선택하지 않고, 오직 도망을 위해 단련한 녀석들.

그런 녀석들은 지금과 같은 힘 대 힘의 싸움에서 별다른 쓸모가 없었다.

빠른 발로 첩보전을 한다면 모를까…….

'그나마 첩보전도 몽마족의 매혹 마법 이상의 효과를 발휘하진 못할 테니까.'

그렇기에 저렇게 화살 받이로 내던진 것이었다.

상대의 전략과 전력을 모르기에 그것을 알아내기 위한 돌격.

일견 무자비하다고 생각할지도 모르지만…….

'뭐 어때, 나랑 딱히 관련 있는 것도 아니고.'

한때 지성을 지닌 것, 인간과 비슷한 것의 죽음에 대해 상당한 불편함을 느꼈던 나였지만 그것도 시간이 지나며 무뎌져 갔다.

나와 관련이 있는 것, 나의 것이 아닌 것에 동정심을 품을 여유는 이 리버스 라이프의 세계에는 없었다.

'뭐 그래도 마종족이 아니라 인간 군대였다면 다른 전략을 생각했겠지만…….'

지극히 인간 중심적인 사고지만 그게 내 생각이었다. 무뎌졌다고는 해도 같은 인간, 혹은 인간과 쏙 빼닮은 지성체가 화살 받이가 된다면 그것 역시 나에게 있어 기분 나쁜 일이 될 테니 말이다.

"붙었군……!"

하늘 위 파랑새 무리가 반짝반짝, 빛의 세례를 쏟아냈다.

드디어 우리 군과 심해왕의 경계 병력과 첫 싸움이 시작된 것이다.

"자, 어떻게 대응할 테냐?"

우리에게 정보를 다오.

나는 조마조마한 마음으로 뒤처진 병력의 뒤를 따르며 저들의 싸움을 지켜봤다.

하지만……

"와아아아아!"

"부숴라! 후계자께서 가는 길에 아무것도 살려두지 마라!"

"다 죽여!"

콰쾅! 콰콰광!

크아아악!

내 생각보다 우리의 전력이 월등했던 것일까?

아무런 저항도 못하고 마치 파도에 휩쓸려 사라지는 모래성처럼 단숨에 와해되어 버린 심해왕의 경계 병력들은 우리 측에 정말 단 하나의 피해도 입히지 못한 채 그렇게 사라져 버렸다.

"허… 정말 이 넓은 공간을 그냥 버리는 거였다고?"

이 어처구니없는 사태에 헛숨을 들이킨 나는 이미 피와 뼛조각 따위로 분해되어 버린 경계 병력들을 지켜보며 인상을 썼다.

원하던 결과가 전혀 나오지 않았기 때문이다.

"정말 저 성에 몽땅 다 집중해 둔 건가?"

나는 돌격 명령을 내리기 전부터 분명 개활지의 병력들은 버리기 위한 수일 뿐, 진짜 병력들은 성 안에 대기 중일 거라고 예상하긴 했다.

하나 그렇다고 한들 저 넓은 개활지를 무시할 수는 없었다.

누가 뭐래도 저곳은 심해왕의 영역인 바, 그의 힘이 미치는 곳에 돌격해야 하는 이상 안심할 수 없었다.

평범한 인간인 우리가 알아보지 못하는 마법이 설치되어 있을 수도 있다고 생각했다. 알 수 없는 마계의 생물이 숨어 있을 가능성도 배제하지 않았다.

'그런데 이렇게 무사통과라고?'

생각보다 훨씬 쉽게 첫 싸움을 끝냈고 피해도 전무하지만, 오히려 나는 가슴이 답답해 옴을 느꼈다.

'아니야, 아직 성까지는 꽤 많이 남았어. 저기에 무언가 더 있을지도 몰라.'

끝없는 의심.

필승을 염원하는 나는 지독히도 열심히 의심했다.

성 주변에 배치된 거주구를 샅샅이 뒤지는 것은 물론, 간간이 튀어 나오는 병사들의 무기를 빼앗아 혹여나 숨겨진 장치는 없는지 확인했으며, 시체가 된 몬스터를 해체해 내가 알고 있는 것과 다른 정보가 없는지 확인했다.

가면의 틈새, 그 사이로 핏발 선 눈이 빛을 발했다.

◈　　　　◈　　　　◈

"호오, 잭 오칼롯의 후계자라더니 단순한 겁쟁이는 아니었나 보군."

어둡고, 축축하고, 거대하고, 높다란 옥좌의 홀.

그곳에서 마법으로 바깥의 모습을 보고 있던 심해왕은 가면 사이로 기광을 흘리는 대로를 보며 작게 감탄했다.

"하나 여전히 미약합니다."

"뭐, 인간이니 어쩔 수 없겠지."

마종족의 눈으로부터 정체를 숨길 수 있다는 하얀 가면을 썼지만, 심해왕은 그 정체를 정확히 파악하고 있었다.

"잭 오칼롯의 유물이 아무리 대단하다고 해도 인간을 단숨에 오염시키기엔 힘들 테니까."

그의 두 눈이 마법에 비치는 대로와 그 손에 들린 마술 지팡이를 훑었다.

"빨리 왔으면 좋겠는데……."

날름.

얼굴 부분이 있으리라 추측되는 천장의 끝자락에서 불쑥 튀어나온 기다란 살덩이가 그 주변을 훑으며 어렴풋이 심해왕의 윤곽을 비췄다. 하지만 여전히 그 모습을 확실히 알기엔 역부족이었다.

"조금 더 길을 열라고 할까요?"

"아니, 맛있는 건 최대한 늦게 먹는 주의라서 말이지."

특히나 공포에 젖은 먹이는 시간이 갈수록 더욱 깊은 맛을 내는 만큼, 심해왕은 뻥 뚫린 길을 조심조심 다가오는 후계자의 군대를 재촉하지 않았다.

그저 입맛을 다실 뿐.

이 이상 요리의 조리과정을 지켜보는 것은 힘들다고 여겼는지, 대로 일행을 관찰하던 마법을 취소시켰고, 이내 옥좌에서 몸을 비틀었다.

우르르릉.

쿠르르르!

심해왕의 움직임에 따라 거대한 어둠이 일렁이고, 성이 울음을 흘렸다.

후두둑.

투두두둑.

"……"

꿀꺽.

울음에 못 이긴 성이 떨어뜨린 파편들을 보며, 케일투스는 꿀꺽 침을 삼켰다. 그리고 아까와 마찬가지로 어둠 속으로 몸을 감췄다.

인사도 없이 사라진 수하의 모습에 불쾌할 만도 하건만, 심해왕은 오히려 눈을 감고 기분 좋은 웃음을 흘렸다.

그가 아는 케일투스, 그리고 조금 전 함께 사라진 심복들이라면 보다 맛있는 요리를 만들어 가져올 것이니 말이다.

"이것 참… 기대되는군."

꿀꺽!

다시 한 번.

침 삼키는 소리가 옥좌의 홀을 울렸다.

"젠장… 겨우 여기까지 왔어……!"

첫 싸움이 있은 지 약 3시간여, 단 한순간도 쉬지 않고 느린 걸음으로 걸어온 우리는 마침내 심해왕의 성 앞에 도달할 수 있었다.

"으으… 담 걸리겠네."

토닥토닥.

지금껏 숨 막히는 긴장감 속에서, 함정이나 매복이 없는지 소리 죽여 이곳까지 걸어온 나여주는 마침내 목적지에 이르자 긴장이 조금 풀린 듯 실없는 소리를 하며 어깨를 토닥거렸다.

"하지만… 역시 이상해."

"왜, 또 뭐가."

나여주는 질린다는 듯 인상을 찌푸리면서도 내 말에 귀를 기울였다.

그녀 역시 이해가 안 가는 탓이었다.

"알잖아? 이렇게 쉬울 리가 없다는 거……."

"뭐, 그렇긴 하지."

이 싸움이 있기 전, 이미 몇 번이나 서큐버스 퀸으로부터 엄중한 경고를 들었던 우리였다.

심해왕이 얼마나 교활한지, 얼마나 비겁한지, 그리고 얼마나 강한지까지…….

그의 휘하에 있는 병력들은 물 속성에 특화되어 육지에서는 약하지만, 마왕인 심해왕 역시 같은 계열인 탓에 오히려 다른 종족들에 비해 더 많은 힘을 부여받을 수 있었다. 때문에 상대적으로 강하다는 평까지 있었다.

하나 지금 이곳에 오는 동안 우리는 그중 어느 것도 맞상대하지 않았다.

심해왕의 교활한 함정도.

비겁한 기습도.

강력한 힘과 강력한 군대도.

어느 것 하나 전해들은 대로 진행된 것이 없었다.

"그러니 결론은 하나뿐이지."

"성."

그 모든 것이 저 성에 집중되어 있다는 것.

여태 저러한 위험들에 대비하며 긴장된 걸음을 옮겨온 우리에게 있어선 참으로 곤란한 일이었다.

이 싸움에 주역으로 심해왕을 치는 가장 중요한 역할을 해야 하는 우리는 이미 정신적으로 굉장히 지쳐 있는 상태였고, 그와는 반대로 단순히 우리의 진격 명령에 따라 걸어만 갔던 군대는 사기가 오를 대로 올라, 성문 앞에 진을 치고 심해왕을 도발하고 있었다.

"잭 오칼롯 님의 후계자님들이 오셨다! 문을 열어라!"

"무서워서 성에 처박혀 있는 꼴 좀 보라지!"

"푸하하핫! 이 성에 이미 아무도 없는 거 아니야?"

"빨리 가서 뒷문 잠가! 물고기 도망치기 전에 말야! 이제 여기는 어항이야!"

우리를 들먹이며 도발하는 것은 기본이고, 심해왕의 수하들이 모두 물 계열의 종족임을 두고 수족관이나 어항에 빗대어 그들을 욕하는 것도 있었다.

개중에는 심해왕을 향해 원색적인 비난이나 폭언을 하는 종족들도 있을 뿐 아니라, 몇몇은 이미 눈이 뒤집혀 내 명령과 관계없이 성문을 부수고 들어가려고까지 했다.

"후… 설마 하니 심해왕을 미워하는 종족이 이렇게나 많을 줄이야."

마계 남부를 다스리는 것에 아무런 관심이 없는 심해왕이다 보니 높은 지능을 지닌 종족들의 경우 심해왕을 싫어할 것이라 예상은 했지만 이건 정도가 심했다.

'이해 못 하는 것은 아니지만······.'

사실 따지고 보면 이는 당연한 것이었다.

남부의 마왕이 되었다는 것은 즉, 그 자리에 등극하기까지 수많은 적들을 상대했다는 말이었다.

또한 마왕의 지위에 어울릴 만큼 많은 수를 죽였다는 의미이기도 했다.

특히나 심해왕은 심해의 왕이라는 별칭답게, 직속 수하가 될 수 없는 내륙의 종족들에게 무자비한 경우가 많았다. 통치 기간 동안 많은 내륙의 종족들이 약체화되고 몰락한 데는 그가 마왕에 오르는 과정에서 수많은 내륙 종족들을 말살시켜 온 탓이기도 했다.

그중에는 펭귄족과 같이 그 당시 최고의 성세를 누리던 종족들이 모두 포함되어 있었고, 그들 대부분은 멸족되거나 펭귄족이 그러한 것처럼 약체화되어 근근이 살아남는 형편이 되었다.

즉, 펭귄족만의 염원이라 생각했던 심해왕의 죽음은 실상 내륙의 많은 종족이 원하는 소원이었던 것이다.

"일단은··· 우리는 조금 휴식을 가지는 게 좋겠지?"

"그게 좋겠네."

분노와 사기가 하늘을 찌르는 녀석들이야 괜찮겠지만, 이 수만의 군대를 지휘하며 심해왕의 계략에 대비하느라 정신력을 모두 소모한 우리는 지칠 대로 지쳐 있었기에 휴식이 필요했다.

"저길 공략하려면 시간 좀 들겠네."

분노에 물든 라이칸슬로프 족을 비롯한 몇몇 약체화된 종족의 일부가 성문 앞에서 발톱이며 이빨을 드러내고 문을 긁어 대고 있었다. 하지만 이곳만큼은 지금까지와 다르다는 것을 알려 주기라도 하듯, 나무로 된 성문은 그들의 발톱에 닿을 때마다 듣기 싫은 소리와 불꽃을 튀길 뿐, 아무런 흠집도 나지 않았다.

흥분한 저들이야 한동안 저럴 테지만, 결국 포기할 수밖에 없을 터였다.

"그나마 저쪽에서 갑자기 공격한답시고 뛰어나오지 않아서 다행이네, 우리도 지쳐 있고 쟤들은 과도하게 흥분한 상태니 싸운다면 곤란할 거야."

끄덕끄덕.

나여주 또한 이런 내 말에 동의한다는 듯, 근처 평평한 바위에 주저앉으며 고개를 끄덕였다.

나는 그런 나여주의 모습 뒤로 서큐버스 퀸에게 폭 안겨 있는 엠페러를 불렀다.

"엠페러! 이쪽으로 와!"

다리가 짧은 펭귄족답게 아무래도 이런 장시간의 행군에는 적합하지 않았고, 엠페러를 비롯한 펭귄 군은 우리보다도 후방에 뒤처져 따라오고 있었다.

그 와중에 엠페러는 마술 지팡이의 주인이라는 이유로 서큐버스 퀸에게 특별 대접을 받으며 오긴 했지만, 나머지 펭귄 족들은 여기까지 오는 것만으로도 지친 듯 우리가 있는 곳까지 오자 각자 바닥에 철푸덕 드러누우며 거친 숨을 몰아쉬었다.

평소 서 있거나 엎드린 모습으로밖엔 본 적 없는 펭귄들이 떼를 지어 등을 대고 누워 있는 모습은 상당히 신기한 모습이었지만, 벌어진 부리 사이로 흘러나오는 신음 소리는 그다지 듣기 좋은 편이 아니었다.

"하악! 하악! 우리 죽는다, 왕……. 하악!"

"왕, 우리 죽는다아아아아아!"

"나도… 나도 안아줘라!"

"안아주면 나도 갈 수 있다!"

지쳐 드러누운 와중에도 입만은 살아 움직이는 펭귄족들이 서큐버스 퀸에게 안긴 채 나에게 다가오는 엠페러를 보며 뭐라고 한마디씩 해 댔다. 하지만 엠페러는 부모, 주인 잘 둬서 호강하는 몸답게 싸가지가 없었다.

"꼬우면 니들도 왕자랑 마왕 후계자 해라."

같은 종족, 미래에는 자신이 다스릴 국민들을 상대로 광역 어그로를 시전한 엠페러는 유유자적 우리가 있는 곳으로 왔고, 나는 그런 엠페러를 보며 한숨을 쉬었다.

"정말… 심해왕이 아무것도 안 해서 다행이야."

만일 이 상황에서 쳐들어왔다면 장담컨대 저기 드러누운 녀석들 중 하나쯤은 혼란 속에 엠페러의 뒤통수에 짱돌을 집어 던졌을 테니 말이다.

"무슨 말인가, 주인? 음?"

이런 내 중얼거림이 이해가 안 간다는 듯 고개를 갸웃거리던 엠페러는 순간 조그만 눈을 빛내며 성문 쪽을 봤다.

그와 동시에.

투콰아아앙!

"크아아악!"

"으아아악!"

"적습이다!"

심해왕의 성의 성문이 터져 나가듯 좌우로 열리며, 그곳에서부터 기괴한 모습을 한 마계의 종족들이 쏟아져 나오기 시작했다.

"마왕님께 하극상을 벌인 자들이다, 모두 죽여라!"

"와아아아아아!"

종족 특성을 반영이라도 하듯 온통 푸른빛이 감도는 옷을 챙겨 입은 그들은 그야말로 군대라는 이름이 걸맞은 절도 있는 모습이었다. 그리고 각자의 무기, 혹은 발톱들을 치켜 세우며 성문 앞에 늘어져 있던 오합지졸들을 단숨에 베어 넘기기 시작했다.

"크아아악!"

"끄어억!"

특히나 그중에서도 선두에 선 괴물들은 압도적인 무력으로 한 번에 두세 명씩을 베어 넘겼는데, 그런 와중에도 병력을 통솔하며 자신이 지휘관임을 뽐냈다.

"왕께 무례를 범한 자들이다! 자비를 베풀지 마라! 모두 죽여라! 왕께서 우릴 보고 계신다!"

심해왕이 그들을 지켜보고 있다는 말에 더욱 힘을 얻은 것일까?

심해왕의 군대는 보다 높은 기세를 뿜어 올리며 우리 군을 사분오열시켰다. 그들이 입은 바닷빛 갑옷과 어우러져 하나의 해일과도 같은 모습이었다.

"젠장!"

"역시 약삭빠른 놈이잖아!"

심해왕은 여기까지 오는 동안 단 한 번도 진짜 전력을 드러낸 적이 없다.

함정이 있기에 좋은, 혹은 매복이나 기습을 하기에 좋은 지형들을 무사히 지나오며 심해왕이 교활하고 비겁하다는 것은 과장된 이야기라고 생각하기까지 했다.

성이 아무리 크다고 한들 이토록 유리한 지형들을 두고 함정을 파지도 않고, 성 안에만 병력을 모아두는 것은 진정 계략에 능통한 존재가 할 만한 일이 아니다.

하나 지금 우리는 그 생각을 수정해야만 했다.

심해왕은 누구보다 계략에 능하고, 상대의 약점을 이끌어내는 교활함을 갖춘 지장(智將)이었다.

"일단 우리가 가세하자!"

"저렇게 많은데?"

"어쩔 수 없잖아!"

나여주는 너무도 많은 적의 병력에 꺼려 하는 표정을 지었지만, 내 말대로였다.

어쩔 수 없다.

우리의 힘이 얼마나 큰 도움이 될지는 모르나 최소한 저들이 파죽지세로 우리 병력을 가르고 다니는 것은 막아야만 했다.

'최소한 적장만이라도……'

우리의 힘으로 저들 모두를 상대하는 것은 힘들 테지만 그간 다져진 나와 나여주의 팀워크라면 저 정도 수준의 몬스터는 어떻게든 상대할 만했다.

최소한 저들의 우두머리를 꺾어놓는다면 이 단순한 내륙의 마종족들의 한 풀 꺾인 사기에도 다시 불이 붙을 것이다.

그리고 이때, 우리보다 먼저 그들 앞에 모습을 드러낸 이들이 있었다.

퍼걱!

"그만! 거기까지다!"

저 멀리서 은빛의 섬광이 번쩍, 하는가 싶더니 어느새 우리 군을 도륙하고 있던 적 지휘관과 가장 가까이 있던 병사의 머리를 단숨에 박살내 버렸다.

'도끼?'

푸른 갑옷을 짙은 녹색의 피로 물들이는 괴물의 시체에는 은빛으로 잘 벼려진 도끼 하나가 박혀 있었다.

순간 우리 쪽에 도끼를 다루는 종족이 있었는지 떠올려 봤지만, 그보다는 던진 쪽에서의 설명이 더 빨랐다.

"쳇, 지휘관 놈을 노렸는데."

"내가 미리미리 숙련도를 올려놓으라고 하지 않았던가?"

우리 군을 헤치고 모습을 드러낸 것은 순백의 갑옷과 로브를 입은 인간들이었다. 그리고 그들의 뒤로 수많은 인간들이 모습을 드러냈다.

"우리는 이번에 마계로 오게 된 중간계의 바이저스 길드와 동료들이다! 심해왕의 잔악함을 듣고 그를 처단하러 왔다!"

"우와아아아아!"

앞으로 나선 흰 로브의 사내가 목청을 높이자, 뒤이어 그들을 따라온 바이저스 길드원들과 수십 명의 사람들이 사기를 진작시키려는 듯 환호를 내질렀다.

그리고.

"……"

정적이 흘렀다.

"뭐, 뭐야? 분위기가 왜 이래?"

"…역시 쉽게는 안 되는군."

선두의 흰색 갑옷을 입은 전사가 당황했지만, 로브를 입은 남자는 의외로 침착해 보였다.

그리고 나 역시 그들의 모습에 눈을 빛냈다.

'유저들이 참전을 한 건 좋지만… 우리 쪽도, 그리고 심해왕 측도 이 상황을 쉽게 받아들이기는 어렵겠지.'

다른 것도 아니고 인간들이었다.

마계의 종족들이 먹이로 삼고, 숙주로 삼고, 장난감으로 삼으며 동시에 적으로서 증오해 마지않는 존재들.

그런 인간들이 마계의 전쟁에서 한쪽의 구원군으로 나서서 다른 한쪽을 처단한다고 외친다.

마계에서 평생을 살아온 녀석들이 보기엔 생소하다 못해 이질적인 모습일 수밖에 없었다.

나는 그런 그들의 혼란을 짐작했기에 이들이 반응하기를 기다렸다.

아무리 잔머리를 잘 굴린다고 한들, 이런 패닉 상태를 해결하기엔 단서가 될 만한 반응이 필요했다.

"크크크……."

"크히히히힉!"

"끼히히히힉!"

그리고 먼저 반응을 보인 것은 심해왕의 군대 측이었다.

자신들의 주군이자 남부 마계의 왕인 심해왕을 처단한다는 소리를 들었음에도 그들은 하나같이 웃고 있었다.

심지어 가장 충성심이 강할 것 같아 보이는 지휘관조차도 도저히 웃음을 참을 수 없다는 듯 무기까지 늘어뜨리고 목청껏 웃어 대고 있었다.

"푸하하하핫!"

그런 그들의 반응에 뻘쭘하게 된 것은 비단 위기의 순간에 등장한 유저들뿐만이 아니었다.

인간 구원군과 힘을 합쳐 잠시의 소강상태로 목숨을 부지하게 된 녀석들은 자연히 여러 사람의 눈치를 볼 수밖에 없었다.

"크흐흐흐, 감히 그분을 처단한다고 말한 거냐, 지금?"

"키히힉! 우리의 왕을 죽이겠다고? 고작 인간들이?"

그러는 순간에도 심해왕 군의 비웃음은 계속되었고, 마침내 그들의 비아냥에 견디다 못한 흰 갑옷의 전사가 앞으로 나서며 버럭 소리쳤다.

"이놈들! 과연 네놈들이 내 칼을 맞고도 비웃을 수 있나 보자! 모두 가자!"

"와아아아아!"

다시 한 번 함성과 함께 걸음을 달려 나가기 시작한 그들은 한눈에도 그 전사와 같은 길드의 것인 게 분명한 흰색 옷으로

깔 맞춤을 한 사람들이었다.

일견 무모해 보이는 돌진이었지만, 나는 굳이 그들을 제지하지 않았다.

저들이 입고 있는 옷과 저 전사가 외친 말 속에서 굳이 그들을 제지할 필요를 느끼지 못했기 때문이다.

'바이저스 길드라.'

나로선 몇 번 인연이 있었지만, 그들의 전체적인 전력에 관해서는 말로밖에는 들어본 바 없었다.

물론 리버스 라이프에서 상당히 유명하다고는 하지만 그것은 모두 길드에 소속된 간부들의 능력과 관련한 유명세였고, 정작 일반 길드원들의 능력이 어떻다는 평가는 별로 들어본 바가 없었기 때문이다.

'그래도 저 중에 그때 그 순백의 기사나 아르덴 남매 같은 이들이 있다면 해볼 만한 싸움일 테지.'

비록 저들의 실력은 미지수지만, 이미 한차례 견식한 바이저스 길드의 간부 둘의 능력은 대략적으로나마 알고 있는바, 저곳에 그런 간부가 두 명만 있어도 만족할 만한 결과가 있을 터였다.

"으아아아아! 저지먼트ㅇㅇㅇㅇㅇㅇㅇ!"

번쩍!

선두에 달려 나가던 전사가 긴 울음을 토해내자 은빛의 광휘가 바이저스 길드원을 감싸 안았다.

후웅.

'피니시 무브인가?'

광휘가 번져 나감에 따라 그곳에서 그리 멀리 떨어져 있지 않던 우리에게도 스킬의 영향이 오는 것인지, 순간 주변의 공기가 무거워지는 것이 느껴졌다. 그리고 그것이 저 전사의 스킬 영향임을 알았을 때, 나는 저것이 그의 피니시 무브임을 직감했다.

두두두…… 투두두두!

"특이한 기술이군."

은빛의 광휘로 휩싸인 바이저스 길드원들이 가히 성스럽다는 표현이 어울릴 만큼 위압적인 기세와 찬란한 은빛의 잔상을 남기며 제각기 빠른 속도로 적들의 한가운데로 돌진하고 있었다.

그야말로 무식하기 짝이 없는 모습이고 위험한 상황이었지만 나는 저들의 모습을 차분히 분석하는 데 집중했다.

'달리는 속도가 점차 빨라지고 있다. 그리고 기세도……!'

처음에는 각자의 무기를 치켜들고 '달린다' 정도의 모습만 보이던 바이저스 길드였다. 하나 흰 갑옷의 전사의 외침과 함께 은빛 광휘가 그들을 감싸 안은 순간, 그들의 달리기는 '질주'로 변해 있었다. 그 기세는 마치 거친 해일을 꿰뚫는 튼튼하고 거대한 전함과도 같았다.

그 거대한 위용 앞에 그들의 돌진을 비웃던 적들도 안색을 굳혔고, 마침내 지휘관의 지시에 따라 한곳에 모이기 시작했지만… 그것은 잘못된 선택이었다.

쿠콰콰콰쾅!

해일의 군세와 거대 전함이 맞붙자. 그에 어울리는 굉음이 사방으로 퍼져 나갔다.

그리고 녹색의 피와 점액, 푸른 갑옷의 파편들이 후두둑 비처럼 떨어져 내렸다.

투둑, 투두두둑!

"적장을 베었다!"

"우와아아아아!"

하늘에서 쏟아지는 피와 살점의 비로 혼란스러운 와중에도 선두에 있던 흰 갑옷의 전사는 조금 전까지 그들을 비웃던 군대의 지휘관의 머리를 들어 올리며 외쳤다.

찰나의 순간, 그들의 돌파력은 적 지휘관과 그들 사이에 놓인 육벽을 허물었고, 이에 넋을 놓고 있던 지휘관 몬스터는 그 극강의 돌파력을 견디지 못하고 일격에 분쇄되었던 것이다.

그리고 이런 결과를 일궈낸 장본인인, 선두에 있던 전사의 얼굴은 피니시 무브의 반동인지 창백해 보였지만 당당한 웃음이 걸려 있었다.

이를 지켜보던 우리 군의 마수족들과 아직 뒤에서 전망을 지켜보던 유저들이 환호를 질렀다.

"와아아아!"

"이겼다!"

아마도 이 싸움의 참전에 대해 반신반의하고 있던 유저들은 승리와 보상에 대한 확신의 함성이었을 테고, 우리 군의 마종족들은 죽음의 위기에서 벗어난 것과 의외의 응원군이 등장한 것에 대한 안도의 함성이었을 것이다.

그사이 수장을 잃은 파란 갑옷의 무리가 스며들듯 성으로 들어가 버렸다.

사기가 떨어진 적들을 마무리하지 못한 것은 아쉽지만 유저들이 나서준 덕분에 조금이나마 성과를 올렸으니 나쁘지만은 않은 결과였다.

'어쨌거나 이런 식이라면 유저들은 써먹을 수 있겠어.'

어째서 여태 지켜만 보던 그들이 갑자기 참전을 결정했는지까지는 알 수 없지만, 방금 전의 싸움으로 인해 기존의 마종족 군과 유저들 간에 유대가 생겼다. 비록 그 유대의 수준은 미미하지만 유저들의 힘은 분명 싸움에 있어 도움이 될 터, 싫어할 이유가 없었다.

'그나저나……'

나는 이제 우리 군에 합류하게 될 인물들에 대해 알아보고자 바이저스 길드의 면면을 살피는 한편, 방금 전 가장 앞서서 달려 나가며 무지막지한 피니시 무브를 발동시킨 전사를 유심히 관찰했다.

'길드원이라 그런가? 스킬이 꽤나 닮았군.'

조금 전 보았던 '저지먼트'라는 피니시 무브는 내가 케이안 성에 처음 발을 디뎠을 때 보았던 순백의 기사의 피니시 무브와 많은 점에서 비슷했다.

빛에 휩싸이게 되면 유저가 강화 효과를 받는 것도 그렇고, 기술이 달려가며 발동하는 차지 방식이라는 점도 그렇고, 결정적으로 그 위력이 다수를 압도할 만큼 강하다는 점까지 비슷했다.

'물론 압도하는 방식에는 차이가 있지만……'

마지막 순간까지 완벽한 차지 기술이냐, 아니면 속임수를 담은 필살기냐의 차이가 있긴 하지만 어쨌든 훌륭한 스킬임에는 틀림없었다.

'그나저나 저 사람 전사 아닌가? 움직임을 중시하는 하프 플레이트 메일인 걸 보면 기사의 차지 스킬이랑은 잘 안 맞는 거 같은데.'

기사의 차지와도 같은 저 스킬은 분명 전사에게 어울리지 않았지만, 백광의 전사가 워낙 길드원을 아끼고 함께하길 좋아하다 보니 생긴 스킬이었다. 물론 나로선 영원히 알 수 없는 스킬의 유래였다.

그렇게 내가 고개를 갸웃거리는 사이, 다시 여유를 찾은 우리 군과 어물거리던 유저들이 나를 향해 다가왔다. 유저들의 생각이야 어쨌든 이 싸움의 주체가 나였으니 모두가 내 다음 명령을 기다리며 모여드는 것이었다.

"……."

여기서 섣불리 명령하는 것은 좋지 않다.

조금 전과 같은 적이 얼마나 더 있을지도 모르는 일이고, 아직 미약한 이들의 연결고리를 자극하는 것도 좋지 않았다.

누가 뭐래도 잭 오칼롯의 유물 앞에 완전 복종하는 마수족 군대와 이제 막 합류한 이질적인 인간들의 간극은 존재하고 있으니 말이다.

'되도록 말은 적게 해야겠지.'

말을 하는 것도 줄여야 했다.

말이란 것은 한 번 내뱉으면 주워 담을 수 없고, 사람이 말을 하다보면 언제고 말실수를 하기 마련이었다. 이는 우리를 주시하는 이들에게 어떤 식으로든 정보가 될 가능성이 있으니 주의해야만 했다.

'유저들 일부는 여기에 다른 유저가 개입했다는 것을 눈치채고 있지만 그게 나와 나여주라는 것은 알지 못해. 그리고 우리의 정체도.'

고민하는 척, 얼굴 위에 쓴 가면을 어루만지자 매끄럽고 단단한 감촉을 느낄 수 있었다.

착용하고 있는 동안 착용자의 능력에 비례한 마기를 드러나게 하는 가면. 그 외엔 아무런 능력치가 없었기에 사실상 지금

걸치고 있는 회색 로브보다 방어구로서의 성능은 떨어지지만, 이 가면의 능력이 있었기에 모두를 속이는 게 가능했다.

이것 덕분에 잭 오칼롯의 후계자들은 마족 내지는 인간형의 어떠한 종족으로 알려진 상태였고, 오히려 진짜 지팡이의 주인인 엠페러는 키우는 애완동물 정도로 알려져 있었다.

이렇게 우리에 대해 오해하고 있는 상황이었기에 그들은 더욱 지팡이의 위엄에 복종했고, 그렇기에 만일 우리가 인간, 그것도 유저라는 것이 알려지면 그 혼란이 작지 않을 것임을 알 수 있었다.

나는 내 양옆에 선 엠페러와 나여주를 슬쩍 밀어 뒤로 세우며 잔뜩 낮춘 목소리로 말했다.

"잘했다, 인간들이여. 이 싸움이 끝났을 때 너희는 공적에 따라 큰 선물을 받을 수 있을 것이다."

웅성웅성.

그리 길지 않은 내 말에 유저들이 요동쳤다.

공적에 따른 보상.

그들이 가장 원하는 바였다.

그리고 나로서는 줄 수 없는 것이었다.

'뭐, 그렇다고 아낄 필요는 없지.'

어차피 이 싸움이 끝나고 벨라를 찾고 나면, 이곳에 발을 들일 일도 없다. 더욱이 가면으로 정체를 감춘 나를 원래 세계에서 알아볼 사람도 없었다. 유저들 모두가 나를 NPC로 오해하고 있는 상황인 탓이다.

그렇다면 말만 하면 뚝딱 만들어지는 무제한 공수표를 아낄 이유가 없었다.

'후후, 이제 목숨 걸고 뛰어들겠구만.'

퀘스트의 규모나 난이도가 크면 클수록 그에 따른 보상도 커진다는 것은 기본적인 상식.

그리고 지금 이들이 참여하고 있는 이 전쟁은 리버스 라이프를 통틀어 처음으로 선보이는 전쟁이자 이벤트였다.

심지어 이 싸움은 전 세계에 실황 중계가 되고 있는 바.

여기서 눈에 띄는 활약을 보이면 보상은 물론, 흔히 말하는 '네임드 유저'의 명예까지 얻을 수 있었다.

"이런 싸움에 이 몸이 빠질 수 없지."

"심해왕이란 놈 목을 따면 된다지?"

"흥, 전쟁은 숫자 싸움이야! 그리고 그 숫자를 획기적으로 줄이는 게 바로 마법사의 몫이지."

유저들은 앞으로의 보상과 유명세에 눈이 멀어 벌써부터 장밋빛 미래를 꿈꾸고 있었다. 물론 그들이 얻을 수 있는 것은 잘해봐야 유명세뿐이었다.

'뭐 정말 심해왕을 잡을 수 있다면 드랍 아이템 정도는 보상으로 챙겨 갈 수 있겠지.'

그들의 쑥덕임을 들으며 가면 뒤로 야비한 미소를 지어준 나는 이내 엠페러와 나여주를 뒤로 물렀다.

이들의 열기에 휩쓸리지 않기 위함이었다.

그때, 그런 유저들로부터 조금 떨어진 자리에서 흰색 로브를 입은 사내가 나를 향해 꾸벅 고개를 숙여왔다.

이에 나는 나도 모르게 슬쩍 마주 머리를 숙였다가 퍼뜩 고개를 들었다.

'젠장, 당했다!'

이런 나를 보며 흰색 로브의 사내, 백염의 마도사 슈타인이 씨익 미소를 지어 보였다.

'제길! 벌써 들키다니!'

조금 전의 그것은 나를 떠보는 행동이었다.

우리에게는 너무나 익숙한 고개 숙이기의 인사에 대한 내 반응을 보고자 일부러 내 눈에 띄는 위치에서 고개를 숙인 것이다. 그리고 나는 몸에 익은 대로 고개를 숙였다.

이는 내가 유저, 혹은 최소한 인간임을 알리는 증거였다.

마왕의 후계자씩이나 되는 마족이 인간의 인사에 일일이 고개를 숙일 이유가 없으니 말이다.

'설마 말하는 것은 아니겠지?'

NPC인 척을 시작한 지 얼마나 됐다고 벌써 안일한 행동으로 정체를 들키다니.

순간 불안감이 들었지만, 가면 너머로 보이는 사내는 걱정 말라는 듯 손을 내저으며 여유로운 미소를 지을 뿐이었다.

'…믿는 수밖엔 없겠지.'

그런 그의 행동을 보며 이를 갈았지만, 지금의 내가 할 수 있는 것은 수긍하고 물러나는 것뿐이었다.

결국 몸을 돌려 그 자리를 벗어난 나는 즉시 서큐버스 퀸을 포함한 일행을 모아놓고 지금의 상황에 대해 말했다.

내가 꾸미는 바와 이를 위해 모두가 해야만 하는 것들, 그리고 백염의 마도사 슈타인이 나의 정체를 짐작한 것까지.

이러한 나의 이야기를 듣자마자 서큐버스 퀸은 즉시 슈타인을 죽이러 가고자 했지만, 내가 이를 뜯어 말렸다.

서큐버스 퀸의 능력을 생각하면 그를 죽이는 것은 식은 죽 먹기겠지만, 상대는 유저.

그가 죽는다고 한들 살인멸구가 될 리 없었다. 오히려 죽은 이후 게시판 등에 정보를 풀어버린다면 곤란한 상황이 될 수 있었다.

"후우, 미안하다. 내 실수로 이렇게 돼서……."

나는 서큐버스 퀸이 빠진 자리에서 나여주에게 사과했다.

나름 완벽한 작전이라고 생각했다. 우리의 위험 부담을 줄이고 유저들을 적극적으로 이용해 먹는 작전.

하나 나의 경솔한 행동으로 지금에 와서는 나는 물론이고 일행 모두의 무덤을 판 격이 되었다.

그리고 이번 퀘스트 해결에 지대한 노력을 기울이고 있는 나여주에게 이는 꼭 사과해야만 하는 일이었다. 이제 우리 일행의 안위가 잘 알지도 못하는 유저의 입에 달렸으니 말이다.

"뭐 그런 걸 사과하고 그래. 네가 잘못한 게 아니라 그 슈타인이라는 놈이 교활한 거잖아."

나여주는 의외로 화내지 않았다.

잠시 투덜거렸을 뿐.

"그래도 내 부주의가……."

"아아, 됐어, 됐어! 어차피 그런 짓까지 해서 우리 정체를 파악할 녀석이었으면 아마 다른 방법으로도 얼마든지 알아봤을 거야. 그보다는 우리 당장 싸움에 신경 써야 하지 않겠어? 우리 지금 이 퀘스트의 마지막 목표가 코앞이라고."

일부러 화제를 전환하며 나에게 잘못이 없음을 말하는 그녀의 얼굴은 얼핏 언젠가 봤던 것처럼 부끄러움에 물들어 있었다. 하지만 나는 그때처럼 멍청한 짓은 하지 않았다.

"고맙다. 벨라를 되찾는다면 네가 도와준 덕분일 거야."

"무, 무슨 그런 쓰잘 데 없는 말을!"

늘어져 있던 나여주의 손을 꽉 잡으며 감사를 전하자, 나여주는 크게 고개를 틀며 나와 마주 보지 않기 위해 애썼다. 하지만 발갛게 물든 목덜미를 숨기기엔 모자란 감이 있었다.

쑥스러움 때문이라 짐작한 나는 피식 웃어 보이며 그녀의 어깨를 가볍게 두드리곤 돌아섰다.

사람과 진심으로 대화해 본 일이 적어 사과와 감사에 익숙하지 않던 시절의 내가 떠올랐기 때문이다.

그때의 나를 떠올리면, 아마 지금 기분이라면 누군가와 같이 있고 싶지 않을 것이다. 그것이 사과와 감사를 전한 당사자라면 더더욱.

"난 일단 전열을 다시 정리할게. 언제 또 성에서 녀석들이 튀어나올지 모르니까."

"으, 응."

여전히 얼굴을 감추고 있는 나여주가 그 마음을 잘 다스리고 한층 성숙하길 바라며, 나는 우왕좌왕하는 군대를 향해 움직였다.

그리고 혼자 남은 나여주는……

"으으……. 어, 어떡해!"

두근두근.

아직도 생생하게 남아 있는 손의 온기에 이상한 기분이 들었다. 나여주는 나머지 손으로 방금 잡혔던 손을 꼭 감싸 쥐었다.

싱숭생숭함이 가시지를 않았다.

Chapter 7

다시 한 번

투콰앙!

"전열을 벗어나지 마라!"

"조금 더 안쪽으로 붙어!"

"녀석들은 물에 닿으면 회복한다! 될 수 있으면 단숨에 죽여라!"

"끄아아악!"

와아아아!

성에서 기습적으로 튀어나온 심해왕의 군대와의 싸움이 있은 후, 우리는 전열을 다듬어서 다시 심해왕의 성으로부터 조금 떨어진 곳에 자리를 잡았다.

심해왕을 무시하지 않으려고 했으나, 시간이 지나면서 긴장이 풀어져 방심하고 있던 탓에 크게 혼쭐이 나기도 했으니. 그 덕분이라고 하기엔 뭐하지만 조금이나마 우리의 전력도 올랐고, 적의 전력도 알게 됐으니 그에 맞춰 재정비를 한 것이었다.

그 결과 탄생한 진영이 바로 현재.

각 종족의 특성과 유저들의 능력을 고려해 배치한 형태였다.

체력이나 방어력, 혹은 재생력이 뛰어난 마수족을 전면에 배치하고, 그 후방을 발이 빠르거나 치명적인 공격을 할 줄 아는 종족으로 채웠다.

또한 그보다 더 뒤로는 원거리 공격이나 마법에 능통한 종족을 뒀으며, 개중에는 하피와 같은 공중전이 가능한 녀석들을 같이 배치하는 것으로 원거리 사수들의 안정성을 높였다.

이는 사실 이런 전략전술에 문외한이나 다름없는 내가 떠올린 최선의 수로, 사실상 규모만 작다면 일반적인 파티 사냥의 전술과 다를 바 없었다.

하나 그 숫자가 자그마치 수천, 수만. 거기에 마종족의 강력함까지 더해지니 강력한 진영이 되었다.

'심플 이즈 베스트!'

나는 작전대로 늘어선 우리 측 진영을 살펴보며 조용히 혼자 엄지손가락을 치켜들었다.

이런 간단하기 짝이 없는 전술이 파티 사냥의 정석이 된 것은 그만큼 효율이 좋다는 의미이기도 하다.

물론 파티 전술이라는 것은 그만큼 가까운 곳에서 커뮤니케이션이 이루어질 때 효과적이다. 하지만 커뮤니케이션까지는 무리라도 스스로를 하나의 임무를 맡은 파티원으로서 생각을 하게끔 만드는 지휘관들 정도는 있었다.

'몽마족이 있어서 가능한 일이지.'

다른 마종족, 마수족에 비해 뛰어난 지능을 가지고 있는 몽마족은 맹목적으로 내 명령에만 따르는 다른 종족들과 달리 어느 정도 자유의지에 따라 상황을 판단하고 움직일 수 있는 능력이 있었다.

나는 이런 몽마족들을 각 부대와 진영 곳곳에 배치하는 것으로 유동성을 높이고자 했다. 다행히 이런 전략은 잘 맞아들어 내 명령대로 딱딱하게만 움직이던 군대가 조금 더 유연해졌다.

"그나저나 영 뚫릴 기미가 안 보이는군."

"확실히……."

싸움이 벌어지는 곳으로부터 조금 떨어진 곳.

나는 전투의 영향권에서 충분히 떨어진 지휘소에서 유저들만으로 편성된 별동대와 함께 후방에서 전투를 지켜보고 있었다.

전투는 이미 현실 시간으로 1시간 이상, 리버스 라이프의 시간으로 4시간 이상 지속되고 있었다.

'생각보다 병력 소모가 커.'

우리가 진영을 갖추고 나서 얼마 지나지 않아 심해왕의 성으로부터 쏟아져 나온 병력은 우리보다 많지는 않지만, 성 한 채에 들어가 있었다고는 상상하기 어려울 정도의 숫자였다. 특히나 정예화된 심해왕의 군대는 평균 전투력이 우리의 군대에 비해 훨씬 강력했다. 만일 미리 진영을 갖춰놓지 않았다면 벌써 패배했을 것이다.

'하지만 그것도 곧 한계다.'

나는 초조한 얼굴로 전방의 모습을 바라보았다.

이미 말했지만 이 싸움이 시작된 지도 상당한 시간이 흘렀다.

마종족들의 능력이 인간에 비해 월등한 탓에 지금까지 잘 싸우고 있다지만 그들이 아무리 싸우는 것에 특화되었다고 한들 4시간 내내 전투를 벌인다면 지칠 수밖에 없었다.

지금까지는 압도적인 숫자와 기세 탓에 별로 티가 나지 않다지만, 시간이 지나 병력이 줄고 기세가 한풀 꺾이니 눈에 띄게 지쳐 가고 있는 것이 보였다.

그중 가장 위험한 쪽은 바로 후방에 있는 원거리 공격 부대였다.

의외로 전방에서 몸으로 싸우는 종족들은 그것이 워낙 익숙한데다 숫자 면에서 많은 탓인지 상대적으로 덜 힘들어 보였다. 반면 후방의 원거리 공격 부대의 종족들은 탈진한 녀석들까지 있을 정도였다.

아무래도 한정적으로 보유하고 있을 수밖에 없는 마나와 마기의 소모를 버티지 못하는 것이다.

'결국 나서야 하나?'

고개를 돌려 뒤를 보니 보호한다는 명목하에 후방으로 빠져 있는 유저들이 보였다.

보상에 애가 타는지 다들 안절부절못하는 모습이었지만, 퀘스트의 주체인 내가 가만히 있으니 이도저도 못하는 눈치였다.

'될 수 있으면 최대한 아끼고 싶었는데……'

유저들은 나에게 있어 비장의 패였다.

그들 개개인의 힘은 강력한 마계 종족들에 비해 많이 부족하지만, 유저는 NPC나 몬스터들과 달리 다양성을 가지고 있는 존재였다.

특히나 유저들이 레벨 100당 하나씩 습득하게 되는 피니시무브 같은 경우엔 그런 개성을 가장 잘 반영하는 변칙적인 기술이다. 비록 그 반동은 크지만 자신보다 강한 상대조차도 단숨에 처리할 수 있을 만큼 상상을 초월하는 위력을 가진 것들이 많았다.

이런 스킬을 잘만 이용한다면 심해왕을 상대할 때 큰 도움이 될 테니 사실 나로선 최대한 이들을 아껴두고 싶은 마음이었다.

"…좌측의 22번 부대로부터 신호가 끊겼습니다."

그때, 서큐버스 퀸으로부터 들려온 말은 나의 이런 고민을 단숨에 불식시켰다.

신호가 끊겼다는 것은 서큐버스 퀸이 정신 감응을 할 수 있도록 조치한 몽마족이 죽었다는 것이다. 각 부대의 최심처에서 최대한 보호받도록 되어 있는 몽마족이 죽었음은 사실상 해당 부대의 전력이 완전히 와해됐다는 의미와 다를 바 없었다.

그리고 이는 얼마 안 가 이 싸움 전체에 들불처럼 일어날 재앙의 전조나 다름없다.

"어쩔 수 없지."

유저들을 심해왕의 면전까지는 데리고 가지 못하더라도 최소한 아까 첫 격돌 때처럼 적의 지휘관을 기습하는 데 사용하고 싶었지만, 선례 때문인지 우리가 움직이지 않자 적군에서도 지휘관급은 코빼기도 비치지 않고 있었다.

"일단… 가까이 간다."

"예."

지금 우리가 있는 곳은 그야말로 최후방, 격렬한 싸움이 진행 중인 곳까지의 거리를 생각하면 조금은 더 고민해 볼 시간이 있을 터였다.

혹은 그사이에 상황이 바뀔 만한 사건이 있을지도 모르고 말이다.

"엠페러, 너도 준비해 둬."

"알겠다, 주인."

사실 엠페러가 준비할 게 뭐가 있겠냐마는, 이런 엄중한 분위기 속에서 아무것도 안 하고 있는 것도 눈치가 보일 테니 뭐라도 하라는 의미로 한 말이었다. 하지만 의외로 엠페러는 진지한 표정이었다.

'원수가 눈앞에 있다는 것이겠지.'

인간이자 유저인 나야 펭귄족의 깊은 원한에는 공감할 수 없지만, 엠페러의 진중한 표정은 지금 이 순간이 그에게 얼마나 중요한 일인지 알 수 있게 해주었다.

'다른 동족들이 앞에서 싸우고 있다는 것도 마음에 걸렸겠지.'

짧은 몸, 짧은 다리, 짧은 날개를 가진… 말 그대로 펭귄인 만큼, 주먹질과 발길질이 난무하는 근접전에는 전혀 어울리지 않지만, 그들에게는 그런 단점을 완벽하게 압도하는 특별한 특징이 있었기에 지금 다른 종족들과 함께 최전방에서 싸우는 중이었다.

'설마 하니 엠페러의 체력이 유전일 줄 누가 알았겠어.'

여태까지 엠페러의 특별한 능력이자 케이안 숲의 북쪽 지배자라는 위엄에 걸맞은 스텟이라고 생각했던 어마어마한 100만의 체력은 사실 마계 펭귄 족의 공통된 특징이었다. 듣자 하니 마계 펭귄이라면 갓난아기 때부터 갖는 능력이라고 한다.

무지막지한 체력과 방어력 탓에 어지간해선 죽지도 않고, 날카로운 부리와 날개의 날은 다른 종족의 이빨이나 발톱보다도 날카로웠으니 그 옛날 남부의 왕으로 군림할 수 있었던 것이다.

뽀득뽀득.

엠페러가 자신의 부리를 광나게 닦는 모습을 지그시 지켜보던 나는 이내 몸을 돌려, 유저들 모두가 준비를 마쳤음을 확인한 뒤 예의 마술 지팡이를 들어 싸움이 벌어지고 있는 전쟁터를 가리켰다.

그러자 내 뜻을 읽은 서큐버스 퀸이 목소리를 높였다.

"진격한다!"

"가자!"

"와아아아! 가자!"

"경험치! 아이템!"

두두두두!

몇 시간 동안 저들의 싸움을 지켜보기만 하면서 유저로서의 본능을 억누르고 있던 수많은 사람들이 앞다투어 앞으로 달려가기 시작했다.

잡는 몬스터 수가 곧 공적이리라 생각하고 있으니, 더욱 필사적인 모습이다.

하나 내가 바라는 모습은 아니었다.

'이런……!'

나는 될 수 있으면 유저들이 침착하기를 바랐다.

우리의 최종 목표가 심해왕임은 그들 역시도 알고 있을 테니, 최종 보스를 만나기 전까지 조금 더 이성적으로 전력을 보존하길 바란 것이다.

하나 저기 전장을 향해 달려가는 저들은 달랐다.

대부분이 고삐 풀린 망아지마냥 이미 뒷일에는 관심이 없어 보였다.

'아니, 어쩌면 그걸 고려하고도 저런 모습일지도.'

어쩌면 저들은 지금 너무 과한 자신감에 차 있는 것인지도 몰랐다.

첫 격돌에서 단숨에 지휘관급 몬스터를 베어낸 백광의 전사의 힘은 다른 유저들에게 적들이 별것 아니라는 인식을 심어주었다. 무엇보다 이 상황 자체를 이벤트의 연장으로 생각하는 이들이 많았기에 그들의 돌격에는 거침이 없었다.

"으라차차! 매그넘 블레이드!"

"파이어 인챈트! 사선 베기!"

"데스 체인!"

투콰아앙! 스카가가각!

유저들이 전선에 뛰어들자마자 지금껏 심플하게 몸 대 몸, 혹은 마법 대 마법으로 진행되던 싸움에 변화가 일었다.

탄환처럼 쏘아져 나간 칼이 진영을 흔들었고, 불이 담긴 검이 적들을 베어 넘겼으며, 발밑에서 솟아오른 체인이 적들을 심연의 어둠으로 끌고 들어가기 시작했다.

사실상 저기 있는 마종족들처럼 본연의 능력이나 각종 패시브 스킬들로만 전투를 해왔던 나에게는 생소한 모습이었지만, 그 화려한 이펙트와 효과에 감탄한 것도 잠시뿐이었다.

"소모가 너무 빨라."

전쟁에 뛰어든 유저는 고작해야 몇 백밖에는 되지 않지만, 그들은 단숨에 전황을 뒤집으며 활개치고 있었고, 순식간에 쏟아진 수백, 수천가지의 다양한 스킬에 당한 적들이 속수무책으로 무너져 내리며 전열이 무너지기 시작했다.

누가 뭐라고 해도 승기를 잡아가는 게 분명한 상황.

그럼에도 나는 걱정이 앞섰다.

'아까도 이랬지. 여유를 가질 때쯤 성문을 열고 적들이 튀어나와서 도륙을 시작했어.'

가장 강력한 패인 유저들을 꺼내놨지만, 심해왕은 여전히 병졸들을 부리고 있을 뿐이었다.

굳이 따지자면 지휘관급이 병졸들을 상대로 스킬을 남발하며 학살을 하는 상황이었으니, 만일 우리가 모든 것을 소모하고 적의 지휘관급이 나선다면 그 다음은 필패는 불 보듯 뻔했다.

그것을 막기 위해서는……

"지휘관이 나서도 어쩔 수 없을 만큼 압도적으로 차이를 벌리거나, 우리가 오히려 녀석들을 노려 기습을 하는 방식이어야겠지."

하나 현실적으로 선택할 수 있는 것은 후자뿐이었다.

아무리 스킬이 뛰어나고 유저들이 강하다고 한들, 한 손이 열 손을 이길 수는 없었다.

수백 명의 유저가 있어도 수천도 아닌 수만에 이르는 몬스터를 상대로 눈에 띄는 차이를 만들기란 요원한 일이다. 결국 남는 방법은 적을 끌어들여 처치하는 이중 함정뿐이었다.

"차라리 이럴 땐 한 명이라도 알고 있는 인간이 있다는 게 도움이 되는군."

유저들이 뛰어가 버린 휑한 길을 나와 나여주, 그리고 엠페러가 걸어가자, 우리보다 조금 앞선 곳에서 우리가 하던 것처럼 전황을 지켜보고 있는 백염의 마도사 슈타인을 찾을 수 있었다.

'역시 여기 있군.'

나여주는 그를 교활하다 표현했지만, 사실 나는 그의 계략에 오히려 감탄했다.

사람의 마음속 작은 방심을 이용해 허를 찌르고 중요한 정보를 캐어가는 행동, 분명 뛰어난 두뇌를 가지고 있으리라. 그 방법이 약삭빠른 계략이었다고 해도 함부로 무시할 수 있는 것은 아니었다.

"역시 여기 있었군."

"후후……."

이미 우리의 정체를 짐작하고 있는 슈타인은 작게 웃으며 뒤에선 우리를 슬쩍 보고, 다시 전쟁터로 시선을 옮겼다.

무시했다고 생각한 걸까? 순간 발끈한 나여주가 앞으로 나서려 했지만 나는 그런 나여주를 다시 뒤로 불러들였다.

우리 일행 중 유일하게 목소리가 공개된 내가 공개 석상에서든 다른 유저들과의 대화애서든 먼저 나서서 말하기로 미리 규칙을 정했기 때문이다.

'괜한 정보를 줄 필요는 없지.'

슈타인이라면 나와 나여주가 이미 유저임을 알아챘을 가능성이 높지만, 직접 확인한 게 아닌 이상 확신하지는 못하고 있을 것이다. 그렇다면 낮은 가능성이나마 남겨 한 가지라도 선택지를 늘려놓는 편이 조금이라도 도움이 될 것이었다.

'뭐, 지금은 그런 게 필요한 상황은 아니지.'

저벅저벅.

조금은 무거운 발걸음으로 슈타인의 뒤에 바짝 붙으며 그의 귀에 대고 말했다.

"지금 전황이 어떻게 돌아가는지 너는 알겠지? 저 녀석들을 물릴 수 있는 만큼 물리는 게 좋을 거야."

슈타인은 바이저스 길드의 간부이자 게임 내에서 명성을 지닌 네임드 유저.

그가 의견을 낸다면 바이저스 길드는 물론이고 추가적으로 유저 일부를 더 움직일 수 있을지도 모른다.

그리고 그렇게 따로 움직이게 된 유저들은 추후 나타나게 될 지휘관들을 상대할 방편이 되리라.

"알고는 있습니다. 다만… 제 말을 들어줄지 의문이군요."

"…굳이 모두를 살릴 생각은 할 필요 없다. 우리에게 필요한 건 지휘관급을 상대할 소수의 강자야."

"그렇긴 하지만 그 강자들이 제 말을 따를 거라고 생각하십니까?"

"……."

나는 쉽사리 대답하지 못했다.

앞서 말한 것처럼 우리에게 필요한 것은 저기 모인 강자들 중에서도 특출 난 인물들, 그런 이들이 과연 백염의 마도사의 말에 순순히 따라줄지는 나조차도 의문이었다.

어쩌면 그들의 자존심을 건드려 역효과를 낼 수도 있었다.

"그래도 시도해 보지 않는 것보다는 낫겠지. 최소한 바이저스 길드라도 물려봐. 그렇다면 눈치 빠른 녀석들은 알아서 몸을 사리겠지."

"흠… 꽤 그럴듯하군요. 그렇게 하겠습니다."

게임 내 명성과 능력은 물론 나에 대한 정보까지 가지고 있는 그는 굳이 서열을 매기자면 나보다 윗줄이었다. 그런 그와의 대화에서 기죽지 않기 위해 일부러 반말을 사용하긴 했지만, 늦게

라도 부탁조로 말투를 바꿔야 하는 것 아닌가 고민하기까지 했었다.

그런데 어째서인지 그는 순순히 내 말에 수긍했고, 나는 남몰래 그를 의심의 눈초리로 바라봤다.

나의 정체에 대해 파악하고 있는 그가 이토록 순순히 내 말에 따르는 것이 이해가 되지 않았기 때문이다.

"후후, 너무 경계하지 마세요. 저는 당신에게 흥미가 깊거든요. 아마 흥미가 사라질 때까지는 제가 무슨 짓을 하는 일은 없을 겁니다."

"……?"

저걸 믿으라고 진심으로 하는 소리인가?

그리고 그 흥미가 언제 사라질 줄 알고 내가 경계를 늦춘단 말인가?

어처구니없다는 시선으로 슈타인을 째려봤지만, 이미 바이저스 길드를 후방으로 빼기 위해 움직이기 시작한 그는 더 이상 내 쪽으로 고개를 돌리지 않았다.

'바이저스가 움직이니 확실히 따라 움직이는 인원들이 있군.'

현재 유저 부대에서 가장 큰 세력을 형성하고 있는 바이저스 길드가 후방으로 몸을 빼니 아무래도 차이가 크게 날 수밖에 없었다.

자연히 남은 유저들도 눈치를 보며 몸을 뺄 수밖에 없었고 이런 분위기가 유저들 사이에 번지기 시작하자 어느새 적극적으로 전투를 하는 유저는 단 한 명도 남아 있지 않았다.

'바이저스 길드가 대단하긴 하구만.'

가면 속에서 혀를 내두른 나는 다른 유저들의 눈치 빠른 행동에 감탄하면서도 동시에 바이저스 길드와 다른 유저들을 경계하는 것을 늦추지 않았다.

조금 전까지는 보상에 눈이 먼 호구들 정도로 생각했지만, 저들의 눈치 빠른 행동을 보면 어느 정도 경계 레벨을 올릴 필요가 있어 보인다.

"아앗! 저기!"

"크악!"

그때, 전방을 벗어나 몸을 돌려 후열 쪽으로 오던 유저 중 하나가 적군 사이에서 불쑥 튀어나온 푸른색 삼지창에 등판을 얻어맞고 바닥을 굴렀다.

원래부터 몸을 빼던 중이라 다행히 직격을 맞은 것은 아닌 듯, 그 유저는 오히려 바닥을 구른 반동으로 빠르게 그곳을 벗어나 모두와 합류했다. 하지만 조금 전의 상황은 이곳에 모인 모두를 섬뜩하게 만들기에 충분한 강력한 공격이었다.

그리고 그걸 본 나 역시 모골이 송연해졌다.

'젠장, 설마 처음부터 저기였나?'

단 한 번의 공격으로, 심지어 빗맞았음에도 유저를 구르게 할 만큼 강력한 공격. 그것은 저기서 소모전을 벌이는 병사 따위가 사용할 만한 기술이 아니다.

지휘관급, 네임드급 몬스터가 사용하는 강력한 스킬. 그런 부류의 것이라고 보는 것이 마땅했다.

'처음부터 잘못 짚었어. 녀석들은 계속 우리가 힘을 소모하길 기다리고 있던 거야!'

녀석들의 작전은 미리부터 군대에 숨어들어 비장의 패인 유저들이 힘을 소모하기를 기다렸다 부지불식간에 기습을 가하는 것.

유저들이 다시 후방으로 몸을 움직이는 모습을 포착하고 한 명이라도 없애겠다는 생각에 기습을 감행한 것이었다.

'그리고 지금 모습을 드러냈다는 건……'

"지휘관들이다! 잡아라!"

"위험해!"

파앗! 파바밧!

깊은 고민을 하기도 전, 심해왕의 군대 곳곳에서 허공으로 몸을 솟구치며 다양한 형상의 괴물들이 나타났다.

외견만큼은 그들이 속해 있는 군대의 다른 몬스터들과 크게 다를 바 없는 모습이었지만, 뿜어내는 위압감은 차원을 달리했다.

"모습을 드러냈다는 건… 자신이 있다는 거겠지."

비록 저 녀석들이 처음부터 노렸던 유저들의 완전 제거는 실패했지만, 이로 인해 유저들이 가지고 있던 특징과 대부분의 스킬들이 적들에게 노출되었다. 더 큰 문제는 그사이에 많은 스킬을 쏟아부으며 그들을 상대한 유저들은 상대적으로 지쳐 있다는 것이다.

유일한 희망은 저쪽 지휘관들의 숫자가 수십 명 정도로, 수백 명에 이르는 유저에 비해 적다는 것이긴 하지만… 저들은 그 숫자만으로 이미 우리와의 싸움에서 승기를 본 상태였다.

"진짜 머리 잘 돌아가는 녀석이 있는 게 틀림없군."

단순히 머리가 잘 돌아가서 함정을 잘 파는 정도가 아니라, 승기가 있다고 생각되자마자 매복을 포기하고 전면에 나서는 결단력까지 갖춘 뛰어난 지장이 저들 사이에 있음이 분명했다.

"저희도 머리가 떨어지진 않죠."

"…뭐?"

씨익.

입꼬리를 말아 올리는 슈타인의 말에 의문성을 내뱉은 순간, 적의 지휘관들이 선 하늘 위로 아주 낮게 먹구름이 끼었다.

"천공을 다스리는 가루다의 날개여……."

"지금 이곳에 현신하시어……."

"오색 창연한 날갯짓으로 어리석은 뱀의 허물을 벌하시옵소서……."

끼긱! 끼이이에엑!

마계의 보랏빛 하늘 어딘가에서 날카로운 새의 음성이 울려 퍼졌다.

"합동 마법!"

'합동 마법?'

내 주의조차 잊은 나여주가 경악한 목소리로 먹구름이 낮게 깔린 하늘을 보며 외쳤다.

수십에 이르는 지휘관 몬스터들이 당황한 자신들의 머리 바로 위에 생겨난 먹구름을 피하고자 몸을 피하려 했지만, 마치 기다렸다는 듯 주변에서 솟구친 마법의 벽들에 의해 다시 한곳으로 밀려났다.

"후후, 준비는 저들만 한 게 아니랍니다."

지금의 마법은 유저 부대가 싸움에 참전하기 전, 마법사들끼리 모여 결정적인 순간을 대비해 미리 준비해 둔 마법이었다.

"마법의 이름은 가루다의 날개. 신의 일부를 소환하는 바람 속성 마법이라 저는 마나를 보내는 것밖에는 못하지만……."

쿠오오오오!

이제는 먹구름이라기보다는 흙구름에 가까운 짙은 구름들이 지휘관 몬스터들이 모인 곳의 보랏빛 하늘을 가리며 소용돌이의 형상을 띠기 시작했다.

"그 위력 하나만은 확실하지요."

카가가가가각!

소용돌이치는 먹구름이 주변의 공기를 무섭게 빨아들이기 시작했다. 그러자 마법의 범위 내에 있던 지휘관 몬스터들은 종잇장처럼 당장이라도 날아가 버릴 듯 흔들렸다. 어떻게든 각자 손발을 바닥에 박아 넣거나 주변 사물들을 잡아챘지만… 메마른 땅은 그들의 몸을 지탱해 주기에는 턱없이 약했다.

우드드득!

마침내 쥐고 있던 바닥이 갈라지며, 마치 무중력 공간에 던져진 것처럼 지휘관 몬스터들이 떠올라 먹구름의 중심, 소용돌이를 향해 빨려 들어가기 시작했다.

그와 동시에.

투콰아아아앙!

저 멀리 심해왕의 성으로부터 무언가가 쏘아져 나와 먹구름의 중심을 갈랐다.

"…어?"

"……."

쏘아져 온 무언가는 단숨에 마법의 중심을 관통했고, 먹구름은 와해되어 빨아들인 지휘관 몬스터들을 토해내기 시작했다.

그 모습에 일발 역전의 마법이 시전되는 모습을 기대의 찬 눈으로 보던 유저들과 우리 측의 몬스터 군대 모두가 눈을 휘둥그레 떴다.

"저거… 마법 효과인 거야?"

"……."

절레절레.

지금 보이는 것도 모두 '가루다의 날개'라는 마법의 효과였으면 좋겠다는 염원을 담은 질문이었지만, 나여주도 슈타인도 고개를 저을 뿐이었다.

"그렇다면 저건……."

슈우우우웅— 콰광!

마법을 가르고 지나간 무언가는 하늘에 생겨난 먹구름들을 흩어버린 것으로 제 할 일을 다했다는 듯, 포물선을 그리며 날아가다 마침내 우리의 머리 위를 넘어 진영의 후방에 박혔다. 그제서야 나는 그것의 정체를 알 수 있었다.

"…문?"

"문짝?"

그것은 거대한 문의 반쪽으로, 그 크기와 모양을 보건대 어딘가의 방문이라기보다는 커다란 성에 어울리는 모습이었다.

"…성문이라고?"

문득 떠오른 게 있어 고개를 돌리니, 그곳에는 거대한 문의 반절이 날아가 그 안을 훤히 드러내고 있는 심해왕의 성과, 그곳에서부터 무언가 시작되었음을 알려주는 길고 깊은 구덩이가 선명하게 자리하고 있었다.

"진짜 괴물이잖아……."

어처구니없음이 듬뿍 녹아든 목소리였다.

정확히 어떻게 한 것인지는 알 수 없지만, 저 성의 문짝을 날려 마법사들이 펼치는 고위 합동 마법을 박살 낸 것은 분명 심해왕이 틀림없다.

이만한 유저들이 있으면, 어쩌면 생각보다 손쉽게 심해왕을 처치하는 게 가능할지도 모른다고 생각했던 나 스스로가 부끄러워지는 무시무시한 능력이었다.

"저런 걸 상대한다고?"

"…나라면 저거 들지도 못할 거야."

곳곳에서 유저들의 기죽은 목소리가 들려오고, 마법의 진행을 보며 똘똘 뭉쳐 있던 그들의 진영이 서서히 좌우로 흩어져 가는 것이 보였다.

"나, 나는… 포기할래!"

"나도! 어차피 내가 지켜야 할 종족은 이미 멸족했다고!"

처음 한 명을 시작으로 점차 유저들이 사분오열하기 시작했다. 그들에게 차마 손을 내뻗을 수 없던 나는 머릿속으로는 구슬릴 말을 찾고자 무던히 애를 썼다. 하지만 이미 사기가 떨어질 대로 떨어진 그들을 회유할 만한 말은 쉬사리 떠오르지 않았다.

'아무리 공수표라도 현실성이 있어야 하잖아!'

이 분위기를 극적으로 바꿀 수 있을 만한 말들은 오직 하나,

앞서 말했던 것보다 훨씬 뛰어난 보상을 약속하는 것이다. 하나 그것도 한계란 것이 있었다.

사르륵.

"쯧쯧. 왕께서 많이 실망하셨습니다."

그때, 이런 우리의 고민 사이로 불쑥 목소리 하나가 끼어들었다.

나와 나여주 사이에 정확히 모습을 드러낸 그것은 푸른 점액질로 뒤덮여 있어 외형을 도저히 짐작할 수 없는 모습이었다. 하지만 그것이 적임은 굳이 따져볼 필요도 없었다.

"어딜 감히!"

파아앙!

1천 포인트가 넘는 괴력의 주먹이 허공에 거대한 파공음을 남기며 푸른 점액질로 파고들었다. 그러자 괴물도 설마 하니 이만한 괴력이 실린 공격이라곤 생각지 못한 듯 크게 출렁이며 물러섰다.

하지만 그뿐이었다.

"어이쿠. 뭐 상당히 놀랐지만… 저도 할 일이 있어서요."

촤아아악!

조금 전까지 조금 끈적한 느낌의 점액질과도 같았던 녀석의 몸체는 순간 완전한 물이 된 듯, 허공에 목소리만을 남긴 채 바닥으로 푹 꺼져 버렸다. 그리고 그 모습에 우리가 혼란스러워하는 사이 물은 다시금 나여주의 곁에서 솟구쳤다.

"강력한 마법사는 귀찮기 마련이죠."

"안 돼!"

스컥!

"헉!"

그야말로 눈 깜빡할 새 벌어진 일이었다.

괴물이 나여주의 주변에서 솟구친 것을 알았을 때, 이미 녀석의 몸 일부가 날카로운 칼이 되어 나여주의 목을 베어 들어가고 있었다. 점액질로 만들어진 투명한 칼날이 목을 갈라 나감에 따라 그 틈새로 붉은빛 단면이 눈에 들어왔다.

"안 돼에에에에!"

푸슈우웃!

필터링 기능이 있는 접속기로 이 모습을 보고 있는 다른 유저들이야 어떨지 모르지만, 지금 내 눈앞에서 동료인 나여주가 목이 잘려 피를 뿜어내는 모습은 그야말로 경악스러움 그 자체였다.

나는 어찌할 바를 모른 채 자리에 주저앉아 있었다.

그리고 이내 무릎걸음으로 나여주에게 다가가 피가 뿜어져 나오는 그녀의 목을 힘껏 눌러보았다. 하지만…….

주르르륵!

손 틈 사이로 뿜어져 흘러내리는 뜨거운 피의 감촉만이 경악 속에 더해질 뿐이었다.

"제, 젠장할……!"

누구도 알 수 없고, 누구도 대처할 수 없던 괴물의 습격이었지만, 나는 다시 한 번 나를 탓했다.

왜 막지 못했을까? 왜 처음부터 충분히 경계하지 못했을까?

스스로를 꾸짖는 내면의 목소리와 함께, 나는 좌절감을 감추지 못했다.

또다시 나의 실수로 동료와 헤어지게 되었다. 울화로 가득 찬 가슴이 터질 듯 부풀었다.

그때, 죽음이 찰나 앞으로 다가온 나여주가 떨리는 손을 들어 품속으로 내 손을 끌어당겼다.

"……!"

공기가 제대로 소통하지 않는 그녀의 입이 뭍에서 말라가는 물고기처럼 힘없이 뻐끔거리기 시작했다. 그에 나는 얼굴을 바짝 붙여 나여주의 숨결에 청각을 집중했지만… 끝끝내 그녀의 목소리를 들을 수는 없었다.

이런 나의 기색을 느낀 것일까?

나여주는 힘들게 나머지 손을 들어 내 머리를 감싸고, 잡고 있는 나의 손 역시 심장 위로 끌어당겼다.

두근… 두근… 두… 근…….

느려지는 심장 박동.

나는 잠시 그대로 굳어 있었다.

그리고 잠시 뒤.

스윽.

더 이상 피가 나오지 않는 목에서 손을 뗀 나는 부릅뜬 나여주의 눈을 손으로 쓸어 감겨주었다. 자리에서 일어나 내려다본 양손은 피로 흥건하여 매우 기괴한 모습이었다. 하지만 지금 나에게 중요한 것은 그게 아니었다.

"뭔가 할 말이 있나?"

지금껏 곁에서 이 광경을 관람이라도 하듯 지켜보고 있던 괴물 녀석은 액체와 같은 모습에서 탈피하여 개구리와 같은 본모습을 드러내고 있었다.

"왕께서 기다리고 계십니다."

"그냥 말만 전해도 됐을 텐데?"

"아, 왕께서 최대한 빨리 올 수 있도록 도우라고 하셔서 말입니다."

으드득!

가면의 틈새로 분노에 찬 안광이 흐르자, 남모르게 만족한 웃음을 짓던 개구리는 그제야 할 일을 다했다는 듯 안도의 한숨을 쉬며 작별 인사를 했다.

"휴우, 그럼 저는 안에서 다시 뵙겠습니다."

"…너, 이름은?"

"잭 오칼롯의 후계자께서 저 같이 미천한 것의 이름을……."

비아냥거리듯, 빙글빙글 웃음 지으며 대답을 회피하던 녀석이었지만, 나로선 도저히 그냥 보내줄 수 없었다.

"만일 제대로 대답하지 않는다면 너는 오늘 바이달텐에게 꽤나 혼쭐이 날 거다."

꿈틀!

바이달텐은 심해왕의 본명이다. 일전에 심해왕의 신전에 들어서기 전 벨라를 통해 알게 된 이름이었다.

자신의 왕의 이름을 존칭도 없이 부른 것이 불편한지, 아니면 간접적으로 이대로 돌아가 버릴 수도 있다는 말을 전한 탓인지 녀석은 눈썹을 한차례 꿈틀거렸다. 하지만 이내 어쩔 도리가 없다는 듯 고개를 저으며 내가 원하던 대답을 내놓았다.

"케일투스입니다."

"기억해 두지."

"영광입니다."

끝까지 비아냥거림을 잊지 않은 녀석은 이내 개구리다운 엄청난 점프력을 과시하며 몇 번의 점프로 시야에서 사라져 버렸다. 그리고 자리에 남은 것은······.

"나, 난 역시 빠질래."

"젠장, 나는 그 자식이 나타나는 걸 보지도 못했다고."

"왕이란 새끼는 대체 얼마나 센 거야?"

전의를 완전히 상실한 유저들이었다. 사람들은 모두 자리를 벗어나 뿔뿔이 흩어지기 시작했다.

심해왕의 압도적인 힘과 그의 수하로 보이는 녀석의 사기적인 능력에 승산이 없음을 느낀 것이다.

"엠페러, 가자."

"알겠다. 주인."

"이, 이봐!"

문득 뒤에서 슈타인이 부르는 소리가 들려왔다. 하지만 나는 그런 그를 뒤로한 채 성문이 한 짝 사라진 심해왕의 성을 향해 걸어 나갔다.

너무 엄청난 것을 본 탓인지 어느새 싸움은 소강상태가 되어 있었다. 그 와중에 심해왕의 군대 역시 미리 무언가 언질을 들었는지 내가 가는 곳에 얼씬도 하지 않았다.

그때, 나는 뒤로 따라붙은 여러 개의 기척을 느꼈다.

"가면 죽을 텐데?"

"뭐, 여기 왔을 때부터 이미 죽음 정도는 생각하고 왔다."

우르르르.

내 뒤로 우르르 몰려드는 것은 흰색의 옷으로 자신들을 꾸민 바이저스 길드원들과 리더인 백광의 전사 제논, 그리고 백염의 마도사 슈타인이었다.

슈타인은 내 경고에도 아랑곳하지 않는 듯 웃으며 대답했다. 그 옆에 있는 백광의 전사 제논은 저 혼자 펑펑 눈물을 쏟으며 다가와 나를 위로했다.

"흐어어엉, 동료를… 흐어어어억! 동료를 잃다니이이이이! 흐끅!"

"…저 아십니까?"

어느새 다가와 어깨까지 어루만지며 눈물 콧물을 쏟는 제논을 보며 인상을 찌푸리자, 슈타인이 쓴웃음을 지으며 다가와 말했다.

"뭐, 모르진 않아, 제로 군."

"……!"

너무 자연스럽게 그의 입에서 나온 내 이름에 흠칫 몸을 피하려는 찰나, 이어진 말이 나를 자리에 굳게 만들었다.

"펭귄 소환수와 엘프 NPC를 데리고 다니는 엄청나게 강한 유저가 있다고… 아르덴에게 들었지."

"그 입 싼 녀석이……."

뭐 딱히 아르덴에게 나에 대해 입을 다물어 달라고 부탁한 것도 아니었고, 그런 일행 구성은 어딜 가나 눈에 띌 수밖에 없으니 딱히 아르덴을 탓할 일은 아니다. 그래, 이성적으로야 그렇게 생각하지만, 얼마 전에 있었던 그렇고 그런(?) 일 탓인지 자연스레 거부감이 들었다.

"그런 한 다리 건너의 친분으로 따라오기엔 너무 위험한 자리일 텐데요."

어느새 한결 공손해진 내 말투에 씨익 웃어 보인 슈타인은 그의 냉철한 눈에 어울리지 않는 익살스러운 표정을 지으며 말했다.

"어차피 이대로 돌아가 봐야 손해인걸. 우리가 점찍은 라이칸슬로프 족은 이미 멸족된 거나 다름없으니까."

그 말대로였다.

바이저스 길드가 받은 종족 해방 퀘스트의 라이칸 슬로프들은 이미 이 전쟁에서 거의 씨가 말라 버렸기에, 이미 그들의 퀘스트는 실패한 상태였다.

그리고 그런 사정은 바이저스 길드뿐 아니라 이곳에 있었던 대부분의 유저들도 마찬가지였다.

처음부터 스스로의 안위를 지킬 힘이 없는 종족들에게 퀘스트를 받은 만큼 종족 해방 퀘스트를 준 대부분의 종족들이 이미 옛적에 사라진 상태였다.

그런 그들을 이곳에 있게 한 것은 오직 이 전쟁에서의 보상, 그리고 심해왕이 말도 안 되는 괴물임을 목격한 이들은 미련을 버리고 돌아섰다.

하지만 이들은 그럼에도 불구하고 남은 것이다.

"그런데 왜 따라오는 겁니까? 내가 유저인 거 알면 보상 같은 게 없다는 것도 아실 거 아닙니까."

"뭐 보상이야 만들어가면 되는 것이지. 여차하면 심해왕을 잡고 전리품을 챙겨도 되고."

아무렇지 않게 가장 불가능할 것 같은 것을 언급하는 슈타인을 보면서 한숨을 내쉬자, 어느새 내 뒤에 따라붙은 제논이 여전히 눈물을 펑펑 쏟아내며 자신이 따라온 이유를 말했다.

"전사가… 크흐흑! 동료의 복수를 위해 가는 길이다! 나는 얼마든지 따라갈 용의가 있다아아!"

소리는 왜 지르는 건데.

어쨌든 그렇게 자신의 의견을 피력한 제논을 보며 고개를 저은 나는 다시 한 번 슈타인에게 물었다.

"그럼 뒤쪽에 나머지는? 저 사람들은 그냥 당신들을 보고 따라온 거 아닙니까? 괜히 말려들게 해서 피해를 늘리기보다는……."

상상 이상의 관심이 너무 부담스러워 다른 쪽으로 시선을 돌렸지만, 나는 그들 무리에서 튀어나온 소년 기사 덕에 할 말을 잃고야 말았다.

"지금, 지금 마왕의 습격으로 죽은 여인의 복수를 위해 마왕한테 쳐들어가는 거잖습니까? 그거 완전 소설 같잖아요! 영화 같잖아요! 지금 우린 주인공이라고요!"

흥분한 나머지 침까지 튀겨가며 지금 상황에 열을 올리는 소년 기사, 소성진의 기분은 실로 말한 바와 같았다.

나여주에게 무시를 당해온 지도 수년, 동해 고등학교로 진학한 뒤에도 출신 때문에 무시당하기 일쑤다.

어쨌든 집에서면 왕 대접을 받는 그였지만, 사정이 사정이다

보니 막상 앞에 나서서 목에 힘주는 역할은 해본 적이 없었다.

그래서 그는 자연스레 '주인공'이라는 것에 집착하게 되었다. 특히 그중에서도 여자를 위해 목숨을 바쳐 싸우는 스토리 같은 것에 더욱 열의를 올렸다.

거기에는 나여주가 자신을 다른 눈으로 봐줬으면 좋겠다는 소망이 담겨 있었다.

"제로 님이라고 하셨죠? 최곱니다!"

그야말로 소설 같은 상황 속 주인공을 눈앞에 두고, 그 이야기의 주인공과 함께 마왕을 물리치러 떠나게 된 소성진은 이미 아무도 주체할 수 없는 광기에 휩싸여 있었다.

가면에 감춰진 그의 얼굴이 어떻든, 그의 진정한 정체가 무엇이든 이미 이 이야기의 포로였다.

오히려 저 가면을 벗으면 절세의 미남이 나오는 것은 아닐까? 혹은 엄청난 추남이 나와 미녀와 야수의 재림을 보게 되는 것은 아닐까라는 기대감이 솟아오르고, 그는 그렇게 눈앞의 가면남에게 완전히 반해 버렸다.

"......"

완전히 이성을 상실한 뜨거운 시선에 부담감을 느끼던 찰나, 문득 입에 거품을 문 채 열변을 토하는 이 인물을 어디선가 본 것 같다는 생각이 들었다.

그러나 나는 금세 고개를 저었다.

주변에 정신 나간 사람이 많긴 하지만 최소한 그들의 얼굴은 다 기억하고 있다. 착각이겠지.

"그래, 자기가 죽겠다는데 말릴 이유야 없지."

사실 나는 감정적으로 이들을 꺼려 하면서도, 이성적으로는 이들의 합류를 반기고 있었다.

'최소한의 요건이니까……'

겉으로 보기에는 복수에 미쳐 무작정 쳐들어가는 것으로 보이지만, 나 역시 어느 정도 생각해 둔 바가 있었다.

비록 최악의 경우를 상정한 것이긴 했지만, 이런 상황을 미리 나아주와 상의해 뒀던 것이다.

'진짜로 이렇게 될 거라고 생각하진 않았지만……'

남몰래 쓴웃음을 지은 나는 우리가 걸어온 길을 따라 멍청하게 서 있는 마수족의 군대를 슬쩍 쳐다봤다.

이미 심해왕의 위용에 넋을 놓은 녀석들은 이곳에 오는 동안 몰래 마술 지팡이를 휘둘렀음에도 불구하고 미동조차 하지 않았다.

마침내 수백 년을 내려온 각인된 트라우마가 그들의 뼈와 피에서 지워진 것이다.

물론…….

'그보다 거대하고 생생한 공포가 새겨졌겠지.'

그것은 어쩔 수 없을 터였다.

본디 공포에 의한 트라우마란 것은 시간을 들여 치료해야 한다. 그 외의 방법이 있다면, 공포를 덧씌우는 것뿐.

"후… 그럼 이제 신경 안 쓸 테니 잘 따라오세요."

그 말을 끝으로 나는 더 이상 뒤를 돌아보지 않았다.

아니, 돌아볼 겨를도 없었다.

어느새 눈앞에 거대한 위용을 뽐내는 음침한 성이 서 있었기에……

"그럼……"

쿠구구궁!

나는 반만 남은 문을 한 손에 힘을 주고 밀며 안으로 들어갔다.

순간 뽀얀 먼지가 일며 일순 시야가 가렸지만 앞으로 걸어가는 데는 문제가 되지 않았다.

저벅저벅.

'…어서 와라.'

문득, 귓가에 알 수 없는 환청이 들려온 순간.

어둠으로 가득한 성의 내부가 방문자들을 모두 먹어치웠다.

Chapter 8

기적처럼

"우와아아아아앙!"

"결국 저 인간이 네가 말하던 일행이었나?"

"흐아아아앙!"

심해왕의 성과 그 앞의 전쟁터가 한눈에 들어오는 민둥산의 중턱, 전황을 살펴보고 있던 다크 엘프들과 벨라는 갑작스런 심해왕의 난입과 후계자 중 한 명의 죽음에 모두들 혼란에 빠졌다.

다크 엘프 전사들은 심해왕과 그의 수하가 상상 이상으로 강력하다는 점에, 그리고 벨라는 바닥에 쓰러진 인물의 죽음에 대해.

"흐으윽! *끄으으윽!*"

"그만 울어라. 네 말대로라면 어차피 네 동료는 시간이 지나면 살아날 터, 우선은 너 스스로를 챙겨라."

일전에 벨라의 일행이 NPC들이 여행자 등으로 부르는 유저라는 것을 들은바 있는 파울이었다.

그가 보기에 누구보다 빨리 강해지고, 죽어도 얼마든지 부활하는 유저란 걱정이 필요 없는 존재였다.

'그래도 잭 오칼롯의 후계자들이 이 녀석의 일행이었다는 것은 확실히 예상 밖이군.'

사실 파울은 후계자들을 발견하는 즉시 습격할 생각이었다.

후계자가 가진 힘은 미지수지만 그는 자신의 힘과 자신이 기른 전사들을 믿었다. 무엇보다 후계자가 한 명이 아니라는 점에서 그는 크게 자신감을 가졌다.

그러나 전장에 침입하기 직전, 후계자라는 녀석들을 보자마자 자리에 무너져 내린 벨라 탓에 그들은 더 이상 움직일 수가 없었다.

'심지어 인간이라니.'

벨라의 일행이 누구인지 몰랐을 뿐, 그들이 인간이라고는 들어본바 있었다. 때문에 처음 벨라로부터 후계자들의 정체를 들었을 때, 파울은 자신의 귀를 의심했다.

마왕의 후계자가 인간이라니?

마왕의 후계자는 곧 그 권위가 미치는 곳에서의 절대적인 2인자를 뜻한다.

다른 종족을 후계자로 삼는다는 것 자체는 강함을 존중하는 마계에서는 그리 특별할 것 없는 일이다. 하지만 인간이 후계자가 되는 경우는 결단코 없었다.

인간은 약하니까.

간혹 특별한 녀석들이 튀어나온다고 한들 한순간 뜨겁게 타오르고 순식간에 사그라지는 것이 바로 인간이다. 수백, 수천 년간 마계의 최강자로 군림하는 마왕이라는 직책에 어울리지 않는다.

그나마 저들을 후계자라 부르는 데 약간이나마 납득할 수 있었던 부분은 그 후계자에 마계 펭귄이 속해 있기 때문이었다.

마계 펭귄은 그다지 지능이 높은 종족은 아니지만, 수백 년 전까지만 해도 마계 남부 전역을 힘으로 압도하던 종족이다. 다른 후계자인 인간들에 비해 훨씬 가능성이 많은 종족이라고 할 수 있었다.

"뭐, 결국 그것도 아니긴 했지만."

그들을 보며 흥분에 몸을 떠는 벨라의 말소리는 쉽사리 알아듣기 힘들었지만, 그래도 그들이 마왕의 후계자가 아니라는 대목은 어떻게든 알아들었던 파울이었다.

"훌쩍, 저희 일단, 저쪽까지, 훌쩍, 가요."

"흠… 지금 가봐야 별로 보기 좋은 꼴은 아닐 텐데?"

벨라가 원하는 것이 무엇인지는 저 퉁퉁 부은 눈만 봐도 뻔했다.

아마도 쓰러진 동료를 묻어주려는 생각일 터.

그러나 파울은 그것이 썩 달갑지 않았다.

아직 엄청난 수의 마종족들이 바글바글한 곳에 나타나 다크 엘프족이 이곳에 있음을 알리는 것도 달갑지 않았다. 어째선지 시체 곁을 맴돌고 있는 서큐버스 퀸의 존재도 그에겐 불편하기만 했다.

'서큐버스 퀸은 음모에 능하고 교활하기로 유명하지. 알려지기론 잭 오칼롯의 후계자에게 절대 복종을 하고 있다지만, 아마 그것도 위장일 터.'

거기에 만일 정말 벨라의 일행인 인간들이 마왕의 후계자로 이름을 올린 거라면 그것조차도 서큐버스 퀸의 음모일 수도 있었다.

"안 가신다면… 저라도 갈 거예요!"

파앗!

파울의 미적지근한 반응을 거절이라고 이해했는지, 벨라는 눈치를 살피다 재빨리 나여주가 눈을 감은 곳을 향해 달려갔다.

그 모습을 본 파울은 어쩔 수 없다는 듯 한숨을 쉬며 전사들을 이끌고 벨라를 따라나섰다.

그리고 잠시 뒤.

"끼야아아아아아아아아악!"

벨라의 높다란 비명이 보라색 하늘 위로 솟구쳤다.

◈　　　　　◈　　　　　◈

"의외로 심플하구만."

정말 의외라는 듯 눈을 크게 뜨고 연신 성 내부의 모습을 살피는 백염의 마도사 슈타인의 모습은 긴장감이라곤 전혀 엿보이지 않았다. 하지만 그의 두 눈만은 날카롭게 빛나고 있었다.

소곤소곤.

"주변에 빼곡하군."

끄덕.

한참 동안이나 어두운 성 내부를 들쑤시고 다니던 슈타인은 이내 내 귓가에 대고 속삭였고, 나는 그에 동의하며 고개를 끄덕였다.

어둠에 모습을 감추는 것에 특화되었거나, 혹은 심해왕의 특별한 능력인 듯, 모습은 전혀 보이지 않는다. 하지만 근래에 얻은 초감각 스킬을 동원하자 저 어둠 속에 얼마나 많은 적들이 숨어 있는지 생생하게 느낄 수 있었다.

'이 정도라면 밖에 있는 녀석들을 끌고 왔다고 해도 장담할 수 없겠는걸.'

숫자는 그다지 많지 않았지만 피부가 따가울 정도로 느껴지는 날카로운 기세에 절로 쓴웃음이 났다.

압도적인 숫자 차이에 군대에 있어서만은 우위를 갖고 심해
왕을 다구리를 놓을 생각까지 했건만, 막상 싸워보니 숫자를 압
도하는 개개인의 능력 차이로 간신히 호각을 이루고 있었다니.
뿐만 아니라 안에는 이만한 수준의 녀석들이 이렇게나 많이 있
었다니. 아마 그대로 더 전쟁을 진행했다면 필패했을 것이었다.

'그렇게 치면 오히려 녀석들이 안 따라온 게 나을지도.'

만일 우리 측 군대가 우르르 성에 몰려들었다면 숫자의 우위
를 살리기는커녕, 성의 어둠에 들어온 즉시 차례대로 목 없는
시체가 되었을 것이다.

스르륵.

차앙!

번쩍!

일순간 어둠이 흘러내리는 듯한 기묘한 모습에 반사적으로
금빛 엄니를 빼어 들자, 조금 전 나를 향해 날아들었던 물의 칼
날이 다시 어둠 속으로 녹아드는 것이 보였다.

나는 그 푸른색의 칼날을 노려보며 한 자 한 자 씹듯이 칼의
주인을 불렀다.

"케일투스……!"

"호오~ 설마 하니 이렇게 쉽게 막으실 줄은 몰랐는데요."

"나야말로 너를 이렇게 빨리 재회하게 될 줄은 몰랐다."

꽤 자신 있었는데, 라고 중얼거리며 아쉬움에 입맛을 다시는

녀석의 몸은 아까와는 또 달라져 있었다. 물로 이루어진 개구리 몸체는 멀리 떨어진 횃불의 빛으로 반들반들 광택이 흐르고 있었다.

그리고 나는 그런 녀석을 보면서 주춤, 뒤로 물러났다.

기세 좋게 녀석의 이름을 불렀지만, 실제 나는 예상 밖의 전개에 꽤 당황한 상태였다.

앞서 케일투스의 능력과 행동을 봤을 때, 나는 저 녀석이 분명 심해왕의 심복이라고 생각했다.

그리고 그런 녀석이라면 당연히 성의 안쪽, 심해왕을 만나기 직전에나 다시 볼 수 있으리라 생각했는데, 막상 성에 들어온 지 얼마 되지도 않아 다시 보게 된 것이었다.

'이 녀석보다 강한 녀석이 더 있다는 건가? 아니면 단순한 도발?'

케일투스에게는 신경 쓰지 않는 척 몸을 돌리며, 나는 눈을 가늘게 떴다.

케일투스의 강함은 현재 이곳에 있는 모든 유저를 통틀어 비교해 봐도 독보적인 바. 그런 녀석이 벌써부터 나섰다면 두 가지 이유밖에는 없다.

심해왕에게 조무래기 취급을 받아 강한 녀석들을 대신해 선봉으로 세워진 것이거나, 혹은 나와 케일투스 간의 긴장감을 이용하기 위한 심해왕의 단순한 도발이거나.

그러나 아무리 생각해 봐도 심해왕이 나를 도발해서 얻을 수 있는 것은 딱히 없었다.

그렇다면 전자일 확률이 높다는 건데…….

'이유를 알아도… 별로 좋은 정보는 못 되는군.'

우리 측에서는 단독으로 케일투스를 상대할 만한 유저는 전무하다. 그런데 그보다 강한 녀석들이 더 있다는 것은 지금 당장 심해왕과 싸운대도 승산이 제로에 가까운 마당에 정말 청천벽력과도 같은 소식이었다.

이러한 점에 대해 슈타인 역시 눈치챈 것인지, 어둠 속에서 몸을 끌어내는 케일투스의 모습을 굳은 얼굴로 바라보았다.

심해왕이 남들을 공포와 좌절에 빠뜨리는 것을 유희로 삼는다는 것을 모르는 우리는 불쑥 나타난 케일투스를 굳은 얼굴로 경계하고 있었다.

"아, 다들 그렇게 경계하실 필요는 없습니다."

"기습한 주제에 잘도 지껄이는군."

"하하, 방금 건 어차피 목숨을 노리고 한 공격이 아니었는걸요. 그보다 먼저 말씀드려야 할 게 있습니다."

"정말 뻔뻔한 녀석이네."

나는 녀석이 전령의 역할로 왔다는 것에 속으로 안도하는 한편, 뻔뻔하게 자기 할 말만 하는 저 녀석을 나중에 반드시 죽여버리겠다고 굳게 마음먹었다.

"왕께서는 여러 인간들의 절망에 빠진 모습도 좋아하시지만, 아무래도 마왕 후계자로 뽑힌 인간의 절망 어린 표정을 보는 게 더 좋을 것 같다며 다른 분들께 축객령을 내렸습니다."

"뭐……?"

순간, 녀석의 말을 통해 저 녀석의 역할은 역시 도발을 위함이며 심해왕에게는 인간의 절망을 감상하는 변태적 취미가 있음을 깨달았지만… 좀 늦은 감이 있었다.

"그럼 나머지 분들이 나가기 편하게 도와들 드리세요."

파바바밧!

순간 우리가 서 있는 양옆으로 듬성듬성 걸려 있던 횃불들이 이전과는 비교도 안 되는 불꽃을 내뿜으며 순식간에 우리 주변을 휩쓸고 지나갔다.

"젠장, 마법 공격인가!"

"모두 모여라!"

화르르르륵!

눈 깜짝할 사이 불꽃이 주변을 휘감았다.

불의 마법을 주력으로 하는 마법사답게 슈타인이 단숨에 모두를 감싸는 돔 형태의 저항 마법을 펼쳤지만, 불꽃은 한차례 우리 주변을 돌고 사라져 버렸을 뿐이었다.

대신 우리는 어둠 속에 감춰져 있던, 불꽃이 휩쓸고 지나가며 밝혀낸 주변을 확인할 수 있었다.

"젠장!"

우글우글.

천장과 벽을 가득 채운 개구리 형상의 몬스터들.

그들의 몸 군데군데에서 흐르는 점액질의 무언가가 끈적하게 뭉쳐 떨어지는 모습은 보기만 해도 역겨웠다.

"자, 그럼 다시 저는 안쪽에서 뵙겠습니다."

"케일투스으으으!"

다시 한 번 얄미운 인사말을 남긴 케일투스가 어둠 속으로 모습을 감추고, 우리의 첫 싸움이 시작되었다.

"호오, 저건 제법이군."

심해왕의 성, 옥좌의 홀.

마법으로 성 내부의 전경을 바라보고 있는 심해왕은 성에 준비시켜 놨던 마계 개구리족과 치열하게 싸움을 벌이는 대로와 바이저스 길드를 보면서 흐뭇한 감상을 흘렸다.

그리고 곳곳에서 지쳐 쓰러져 가는 바이저스 길드원들의 절망 어린 표정을 보면서 뿌듯함을 감추지 못했다.

"후후, 얼마나 버틸 수 있을까? 그리고 얼마나 숨기고 있을 수 있을까?"

그는 기대감에 찼다.

저 인간들이 얼마나 많은 것을 보여줄지, 그리고 얼마나 절망스러운 울음을 들려줄지, 너무도 기대가 됐다.

'아까와 같이는 되지 않을 것이다.'

아까 전에는 그답지 않게 침착하지 못한 모습을 보이고 말았다.

기대하고 있던 인간들의 절망에 찬 모습은 줄곧 후계자 놈이 후방에 빠져 있는 탓에 전혀 볼 수 없었고, 심지어 간신히 끌어낸 인간 놈들은 군세 안에 지휘관급 몬스터들이 숨어 있다는 것을 알자마자 몸을 빼기까지 했다.

거기에 인간들이 펼친 고위 마법에 지휘관들이 몰살당하기 직전이 되자, 그들의 눈은 용기와 희망에 불타오르기 시작했다. 그것은 심해왕에게 있어 이 세상 어느 것보다도 역겨운 장면이었다.

그렇기에 그는 몸을 일으켰다.

옥좌의 홀 천장에 머리를 대고, 근 수백 년간 뻗어본 적 없는 팔을 들어 성문을 후려쳤다.

그리고 후계자 중 한 명의 목을 따도록 케일투스를 보냈다.

그 모든 것은 인간들과 남은 후계자의 절망을 보다 맛있게 구경하기 위함이었다.

그런 그의 생각은 완벽하게 맞아떨어졌다. 분에 못 이겨 즉흥적으로 한 행동치고는 상당히 좋은 결과를 가져왔다.

인간들과 마수족 군대는 절망과 공포에 빠져 뿔뿔이 흩어졌고, 남은 것은 동료의 죽음에 광기의 안광을 내뿜는 다른 후계자와 그의 뒤를 따라 들어온 멍청한 인간 백여 명.

심해왕은 그들을 보며 다시금 입맛을 다셨다.

절벽 끝에 간신히 서 있는 인간을 있는 힘껏 밀었을 때, 그들이 짓는 표정이 그에게 있어 얼마나 큰 쾌락을 주는지 아주 오래전의 경험을 통해 알고 있었기 때문이다.

그래서 그는 개구리들을 모았다.

될 수 있는 한 많이.

그들이 절대로 희망의 웃음을 짓지 못하도록, 오직 절망만을 하도록 말이다.

"개구리들은 절망을 주는 데 느리긴 하지만… 결과는 확실하니까 말이지."

마계 개구리 종족은 몸을 액체화할 수 있다는 것 외에는 그다지 특별한 특징이 없는 종족으로, 실제로 심해왕이 남부의 왕이 되기 전까지는 액체화를 통해 위기에서 도망쳐 다니는 약해빠진 종족이었다.

하나 심해왕이 그들 중 케일투스라는 특출한 개구리를 그의 심복으로 삼으면서 그들의 위상은 완전히 달라졌다.

심해왕이 케일투스를 심복으로 삼은 결정적인 이유가 바로 그 액체화 능력이었다.

액체화를 통한 기습 공격을 적극 활용하면, 개구리족은 아주

무시무시한 암살 능력을 보일 수 있었다. 이렇게 액체화 능력의 진가가 밝혀지자, 개구리족은 물의 마수족 중에서도 상위에 드는 종족으로 평가받게 되었다.

그렇기에 심해왕은 자신했다.

저기 모인 인간들이 곧 개구리들에 의해 일그러진 표정으로 쓰러질 것임을, 그리고 저기 후계자라는 인간 또한 어그러진 얼굴로 마왕 잭 오칼롯으로부터 부여받은 힘을 꺼내게 될 것임을, 그는 자신했다.

"자아, 어서 보여라."

어둠 속에서 그의 손으로 추정되는 것이 꿈틀거리자, 그가 들여다보고 있던 화면에서 대로의 모습이 확대되기 시작했다.

대로의 움직임이 바뀌기 시작한 것은 바로 그때였다.

촤아아악!

"젠장! 끝이 없어!"

아까 휘몰아친 불을 통해 얼핏 봤을 때도 정말 엄청나게 많다고는 생각했지만, 설마 하니 이렇게나 많을 것이라고는 생각지도 못했다.

촤아악! 촤악!

"말할 힘도 아껴서 더 많이 베라고! 이 녀석들 집중만 하면 별거 아니야!"

종횡무진 적과 아군의 사이를 누비며 길드원들을 보호하고, 개구리들을 마구잡이로 베어 넘기고 있는 제논의 말이었다. 그리고 그의 말대로 개구리족은 액체화 능력을 배제하면 그다지 강하지 않았다.

저돌적으로 급소를 노리는 탓에 위험한 기세를 풍기고, 한 대가 곧 치명상에 이르는 공격들이기에 아주 위협적이지만, 급소만을 노린다는 것은 그만큼 공격 루트가 뻔하다는 이야기이기도 하다.

또한 뛰어난 각력으로 빠르게 뛰어들고 빠르게 도망치기는 하지만, 그런 움직임을 위해 방어구를 포기한 탓에 방어력이 지극히 낮았고 특유의 점프 모션으로 빈틈도 많았다.

한마디로 생각보다 공략하기 쉬운 대상이라는 말이었다.

하나 그럼에도 우리가 이토록 고전하는 이유는…….

"이젠 집중력이 아니라 체력이 필요하다고요!"

개구리들의 체력에 있었다.

아까 나타났던 케일투스와 달리 완전히 액체로만 이루어진 이 개구리들은 머리를 베어도, 심장을 찔러도 다시 일어나 공격을 했다. 녀석들이 멈추는 순간은 게임 상의 HP가 0이 되었을 때뿐이었다.

즉, 가뜩이나 많은 개구리들을 전부 HP 0으로 만들 때까지 우리는 치명상만을 노리는 공격을 피하며 동시에 녀석들을 잡아야만 하는 것이었다.

'그나마 백염의 마도사 쪽이 상극이라 일격에 처리하는 경우가 많기는 하지만……'

하지만 그 역시 인간인 바, 가진 마나는 무한하지 않고 마법사의 특성상 마법의 준비가 필요했다. 이렇게 목숨을 도외시하고 달려드는 적들은 상대하기 까다로울 수밖에 없었다.

"체력이 떨어진 녀석들은 안쪽으로 들어가서 충분히 스태미나를 회복하고 나와라!"

제논의 명령에 바이저스 길드원 중 일부가 무리의 안쪽으로 스며들며 휴식에 들어갔다. 그러자 안쪽에 있던 이들이 나와 그들의 빈자리를 메꾸며, 안쪽을 보호했다.

지극히 효율적이고 이상적인 차륜전의 공식. 바이저스 길드원들이 형성한 진영은 그야말로 뚫을 수 없는 견고한 방패와도 같았고, 덕분에 놀랍게도 아직까지 사상자가 단 한 명도 없었다.

'하지만 그뿐이겠지.'

불행 중 다행인 건 저 개구리들이 어떤 전술을 사용하고 있지는 않다는 거지만, 유저의 체력이 아무리 뛰어나다고 한들 한계가 있다.

지금은 급한 대로 진영의 안쪽에 숨어 휴식을 취하지만 게임 시스템 상으로나, 현실상의 소모된 정신력을 회복시켜 주지는 않았다.

그 결과 바이저스 길드의 진영 안쪽에는 맞서서 쓰러진 게 아닌, 지쳐서 탈진한 사람들이 나오기 시작했다. 그리고 여전히 끝이 보이지 않는 개구리의 행렬은 이런 우리에게 절망감을 주기에 충분했다.

그때, 엠페러가 나섰다.

처억.

"엠페러?"

"물러나라, 주인."

싸움이 시작된 직후, 여태 아무런 말없이 웅크리고만 있던 엠페러였다.

어째서 그러는지 물어볼 겨를도 없었고, 엠페러가 싸움에 나서지 않는다는 점은 아쉽지만 어차피 상대가 그다지 강하지 않기에, 될 수 있으면 엠페러에 대해 숨기고자 나 역시 아무 말도 하지 않고 있었다.

그런데 지금, 모두가 무너져 가는 타이밍에 엠페러가 나선 것이다.

"대체 무슨……."

도저히 이해할 수 없는 엠페러의 행동에 내 눈썹이 역 팔자를 그린 것도 잠시, 평소와 다른 분위기를 풍기는 엠페러의 모습에 나는 치열하게 전투를 벌이는 바이저스 길드를 향해 소리쳤다.

"모두! 뒤로 물러서세요!"

"무슨 소리야, 여기서 물러설 곳이 어디 있다고 그래!"

"그럼 최대한 뭉쳐요! 진영을 좁혀서 한 덩어리로 만드세요!"

너무 체력을 소진한 탓에 얼굴이 시퍼렇게 질린 제논이 버럭 소리쳤다. 나는 마주 소리치며 그의 의문을 일축하고는 진지한 표정의 엠페러를 보며 말했다.

"믿는다."

"걱정 마라, 주인."

갑작스런 바이저스 길드의 후퇴에 개구리들도 주춤 물러섰다. 그리고 싸움이 소강상태가 되었을 때, 엠페러가 사이에 끼어들었다.

어둠 속, 심해왕의 표정이 일그러졌다.

심해왕은 인간들 사이에서 튀어나온 조그마한 생명체를 보았다.

펭귄이었다.

아니, 마계 펭귄이었다.

마계에 흔한 종은 아니지만 마수족이 지배하는 이 남부 마계에서 그다지 보기 어려운 종족도 아니었다.

그리고 심해왕은 그런 마계 펭귄족을 싫어했다.

아니, 단순히 싫어하는 정도를 넘어 혐오했다.

오래전 이 대지의 지배자였다는 것에서 나오는 그들의 똥배짱이 싫었다. 그 멍청한 머리로 심해왕 자신과 패권을 다투었다는 사실이, 그리고 옛날의 영화에 빠져 명실상부한 남부의 왕인 자신을 깔아보는 오만이 너무도 싫었다.

그로서는 드물게 보게 되면 이성을 잃고 달려들게 되는 종족이었다.

실제로 그는 마왕에 등극하기가 무섭게 남부 전역에 흩어진 마계 펭귄족들을 사냥하고 다녔다. 그 일로 인해 마계 펭귄의 세력이 크게 약화되기도 했다.

이후 심해왕은 마계 펭귄에 더 이상 신경 쓸 가치가 없다고 판단하고, 간신히 명맥만 이어지도록 놔두라고 지시했다.

그러나 그것이 그의 진심은 아니었다.

그저 펭귄족을 사냥할 방법도, 여건도 되지 않았을 뿐이다.

그 무렵 마신으로부터 내려 받은 신탁으로 인해 마계 최남단에 영역을 두고 살게 된 탓도 있지만, 사실 그가 펭귄족 말살을 포기한 것은 펭귄족이 있는 얼음의 대지에 들어갈 수 없기 때문이었다.

마계의 한 지역을 통치하는 마왕이 자신의 땅에도 들어가지 못한다는 게 이상하게 들릴 수도 있으나, 사실 얼음의 대지는 심해왕뿐 아니라 마계에서 강자로 평가받는 다양한 마족이나 마수들도 들어갈 수 없는 곳이었다.

그곳에 부는 차가운 한설은 지위를 막론한 모든 생명체의 육체와 영체를 얼어붙게 만든다. 그리고 펭귄족은 그렇게 얼어붙은 것들을 잡아 양식으로 삼는다.

보통 마계에서는 싸움을 통해 강자를 잡아먹고 강해지는 것이 정석. 펭귄족의 이런 사냥 방식은 굉장히 이질적이었지만, 그럼에도 그들이 마계 남부의 지배자로 군림하며 배척받지 않을 수 있었던 것은 모두의 불만을 억누를 만한 강함이 있었기 때문이었다.

그러나 전쟁 통에 후계자와 신물을 잃은 펭귄족은 심해왕의 집권 이후 크게 약해졌고, 얼음의 대지는 사냥터로서의 기능을 잃고 그저 천연의 성벽과 같은 역할만 하게 되었다.

그렇게 대륙을 휘젓는 다른 종족들로부터 살아남기 위해 펭귄족들은 더 이상 얼음의 대지를 떠나지 않게 되었고, 심해왕은 그들이 역사의 뒤안길로 사라져 버릴 거라 믿어 의심치 않았다.

오늘, 이곳에 저 녀석이 나타나지만 않았더라면.

"펭귄……!"

어딘지 울분에 찬 심해왕의 음성이 옥좌의 홀을 떨어 울렸다. 그의 옥좌 옆에서 대기하던 케일투스는 그 속에 담긴 분노를 읽고 몸을 떨었다.

그리고 마침내.

우르르릉.

옥좌의 홀이 울기 시작했다.

심해왕이 보고 있는 영상 속 엠페러가 자그마한 부리를 벌리던 그 순간이었다.

우르르릉.

문득, 성이 울린다고 생각했다.

그러나 그렇다고 한들 이 눈앞의 기적과도 같은 일보다 신경이 가는 것은 아니었다.

"해냈구나!"

"내가 이 정도다, 주인!"

화악!

벌어진 부리의 틈새로 주변 공기를 짜릿하게 얼려 버리는 새하얀 입김이 흘러나왔지만 나는 엠페러의 머리를 쓰다듬기를 주저하지 않았다.

부비부비부비부비—

"짜아아식! 드디어 한 건 하는구나!"

"엣헴! 엣헴!"

으쓱으쓱!

부등호 모양으로 굽힌 양 날개 끝을 정확히 어디인지는 알 수 없으나, 아마 허리로 추정되는 통짜 몸의 중간쯤에 걸친 채 어깨를 으쓱거리고 있는 엠페러는 귀여움의 극치였지만, 나를 제외한 그 누구도 엠페러를 쓰다듬을 생각은 하지 못했다.

모두 얼어버렸으니까.

지금껏 바이저스 길드와 나를 괴롭히던 개구리들은 도망도 치지 못하고 공격을 하던 모습 그대로 자리에서 꽁꽁 얼어붙었고, 마지막에 도망가려던 개구리가 반쯤 액체가 된 채 허공에서 얼어붙는 것을 목격한 바이저스 길드원들은 다른 의미로 얼어붙어 그 모습을 바라보고 있었다.

"그나저나 생각보다 위력이 더 엄청나네."

"흐음, 그 점은 나도 이상하다. 원래 이 정도는 아니었는데."

엠페러는 고개를 갸웃거리며 날갯죽지로 부리를 쓰다듬었다. 그 모습은 케이안 숲 북부의 지배자라는 타이틀이나, 방금 전 엄청난 마법을 사용한 것에 어울리지 않는 귀여운 모습이었다.

하지만 나는 그 모습에서 이 성의 돌파구를 찾을 수 있었다.

이곳에 포진해 있는 심해왕의 수하들은 모두 물과 관련한 특성을 지닌 녀석들이다. 흐르는 강물과 파도치는 바다마저 얼어붙게 만드는 엠페러의 '특별한 냉기'와는 상극이라고 할 수 있었다.

물론 백염의 마도사가 사용하던 백염 역시 이들에겐 상극이긴 마찬가지이다. 하지만 마법을 조합하여 만든 초고온의 불꽃으로 물을 증발시켜 버리는 것과, 특성을 이용한 냉기로 물을 얼려 버리는 것, 둘 중 어느 것이 더 효율적이냐고 묻는다면 당연히 후자다.

엠페러의 능력을 알아냈을 당시엔 냉기가 이렇게나 위력적일 거라곤 생각지 못했지만……

수백 년을 얼음으로 뒤덮인 케이안 숲의 북쪽에서 지내온 엠페러다. 보통의 마계 펭귄이 가지지 못한 능력을 지녔다고 한들 그다지 이상하지 않았다.

'거기다 이 녀석 레벨이라면야……'

〔이름 : 엠페러

Lv : 244 (봉인됨)〕

이미 레벨 1이던 시절에 몬스터의 방어력을 무시하는 부리와 날개, 그리고 절대로 죽지 않을 만큼의 체력을 기본적으로 갖고 있던 녀석이다.

100레벨일 때도 별반 차이가 없었지만… 그 이후로 두 배가 넘게 레벨 업을 했으니 저런 엄청난 능력이 생겨났다고 해도 그렇게 이상하지는 않다.

어차피 엠페러가 가진 능력은 전부 오버 밸런스 아닌가.

'뭐 문제 있다 싶으면 아버지가 알아서 수정하겠지.'

나는 그렇게 안일한 생각을 하며 희희낙락 엠페러를 칭찬했을 뿐이었다.

그리고 이 시각, 이 모두를 지켜보던 박중혁 부장은…….

"저거 뭐야! 야, 저거 왜 저런지 빨랑 알아와!"

"그, 그게, 아무리 봐도 대체 왜 그런지……."

"얌마! 말이 돼? 저 엠페러란 거 너네 설계한 거잖아!"

"아뇨, 그런 문제가 아니라 저희가 설계한 능력으로는 저런 효과는 절대 안 나온다는……."

"그럼 지금 내가 헛것을 보냐? 빨랑 알아와!"

엠페러를 설계한 인물들을 찾아 열심히 갈구고 있었다.

엠페러의 특성이 이곳 몬스터들에게 극상성에 해당하는 것을 안 뒤로 우리는 한결 편하게 성을 탐험하고 다닐 수 있었다.

곳곳에서 몬스터들이 튀어나와 우리를 놀라게 만들고, 과한 충성심과 공명심에 나를 노리고 기습을 하는 녀석들도 있었지만…….

"파하아아아아!"

쩌저적!

와장창창!

엠페러가 부리만 벌리면 새하얀 입김과 함께 눈앞의 몬스터들이 꽁꽁 얼어붙어 소거되는 신비한 현상이 펼쳐졌다.

"케일투스 녀석은 안 나오는 건가?"

개인적으론 이 순간 가장 만나고 싶은 녀석이었다.

할 수만 있다면 당장에라도 녀석을 얼음 동상으로 만들어 나여주와 다시 만날 때 선물로 건네주고 싶었다.

그러나 케일투스 녀석은 자신의 동족들이 몰살당하는 것을 어디선가 지켜보거나 듣기라도 했는지, 그때의 도발 이후로 전혀 모습을 드러내지 않았다. 이곳 곳곳에 포진해 있으리라 생각한 심해왕의 다른 심복들도 전혀 보이지 않았다.

'어쩌면 정말 케일투스뿐인지도 모르고.'

그렇다면 심해왕이 조금 불쌍하구만. 수백 년 동안 제대로 된 심복이 개구리 하나뿐이라니…….

화려한 옥좌에 앉아 '짐은 왕이니 고독해도 괜찮다'며 자위하고 있을 모습을 생각하니 가슴이 아릿했다.

그런데 이때, 이런 나의 불경한(?) 생각을 훔쳐 듣기라도 했는지 우리가 가려는 길 앞에서 케일투스가 모습을 드러냈다.

그는 누가 봐도 수상해 보이는 끝이 잘 안 보일 만큼 거대한 문 앞에 서 있었다.

"후계자님이 뭔가 즐거운 생각을 하셨나보군요. 입가에 웃음이 한가득입니다."

"응? 내가 웃고 있어?"

슥.

얼굴을 만져보니 입꼬리가 올라가 있었다.

이거 참 심해왕한테 또 한 번 미안해지는구만.

손으로 입꼬리를 내리누르다 문득, 케일투스를 보자 씨익 웃음이 나왔다. 그러자 케일투스는 불쾌하다는 듯 털 없는 눈썹을 모으며 나에게 물었다.

"그 웃음은 무슨 의미이신가요?"

"아, 다른 건 아니고. 마침 너를 좀 만나고 싶었거든."

씨익.

보다 크게 미소를 지으며 그렇게 말하자, 케일투스가 가소롭다는 듯 마주 웃으며 내게 대꾸했다.

"후후, 혹시 저 펭귄 따위로 저를 이길 수 있다고 생각하신 겁니까?"

"펭귄 따위라니! 이 몸은 엠페러시다!"

엠페러가 발끈했지만, 이를 가볍게 무시한 케일투스가 오히려 앞으로 나서며 팔을 칼날로 바꿨다.

"과연 그 냉기란 것이 저에게도 통할지 시험해 보시겠습니까?"

꿈틀.

엠페러의, 그리고 나의 자존심을 건드는 말이었다.

케일투스는 가소롭다는 듯 계속 이죽이는 표정으로 우리를 쳐다봤고, 나와 엠페러는 눈을 마주쳤다.

'저 녀석 냉기 저항이 있는 게 분명한데… 어때?'

'가자, 주인!'

케일투스의 자신감 넘치는 태도를 보건대 분명 엠페러의 냉기에 저항할 수 있는 능력이 있거나, 냉기가 제대로 통하지 않을 만큼 높은 레벨을 가지고 있을 공산이 컸다.

그렇기에 물어본 것이건만… 엠페러는 망설이지 않았다.

'잘 생각해, 우리한텐 다구리도 있어.'

힐끗.

뒤편에서 멀뚱히 이 광경을 지켜보고 있는 바이저스 길드원들을 흘겨본 나였다.

엠페러의 냉기가 발동한 이래, 얼어붙은 몬스터들을 부수는 소일거리만 하면서 무임승차로 이곳까지 온 녀석들이니만큼 이번만큼은 제대로 써먹으리라 생각하고 있었다.

그러나 이런 내 생각을 읽기라도 한 듯, 우리를 지켜보던 케일투스가 먼저 선수를 쳤다.

"아, 혹시나 해서 말씀드리지만, 혹여 저 뒤의 인간들을 믿고 계시다면 다른 방법을 떠올리는 게 좋을 것이라고 먼저 말씀드리겠습니다."

쿠웅, 쿠웅.

쩌걱쩌걱.

케일투스의 말과 함께, 그의 뒤에서 대체 어떻게 저 개구리의 뒤에 숨어 있었나 싶을 만큼 거대한 체구의 괴물 두 마리가 나타났다. 하나는 갑각류 형태의 갑옷을 입은 괴물이었고, 다른 하나는 날렵하고 몸에는 물고기 같은 비늘이 있는 괴인으로 군데군데에 있는 날카로운 가시가 돋보였다.

각각의 특징을 대변하는 두 괴물은 지금까지 마주친 몬스터들과 달리 굉장한 강자임을 증명이라도 하듯, 몬스터답지 않은 유창한 언어를 구사하며 케일투스의 양옆으로 섰다.

"저 허여멀건 한 전사랑 마법사, 그리고 나머지 떨거지들은 내가 맡도록 하지. 쉬고 있어라."

"어딜 느려빠진 샌드백 녀석이. 네 속도로 저 녀석들을 다 잡으려면 평생을 녀석들 뒤꽁무니를 쫓아야 할 거다. 내가 다 처리할 테니 너야말로 쉬고 있어."

서로 바이저스 길드의 전원을 처치하겠다며 티격태격하는 두 괴물의 모습에, 이를 넋 놓고 보고 있던 제논과 슈타인이 앞으로 나섰다.

"허허… 아무리 밀폐된 공간이라 마법 사용을 자제했다고는 하지만 저런 해산물들한테 이런 취급을 받게 될 줄은 몰랐는데."

"동감이야, 고작해야 횟감으로밖엔 안 보이는 녀석들이 말이지."

스르릉.

각각 스태프와 무기를 꺼내드는 제논과 슈타인의 모습에 티격태격하던 갑각류 괴물과 물고기 괴인은 잠시 서로를 빤히 쳐다보더니, 이내 무서운 눈으로 제논과 슈타인을 노려보며 말했다.

"호오, 해산물이라⋯⋯."

"바다 출신인 건 부정하지 않겠지만."

비틀린 미소를 지으며 앞으로 걸어 나오는 녀석들의 모습에 껄렁한 표정으로 무기를 들고 있던 제논과 시종일관 진중한 표정으로 마법을 준비 중이던 슈타인이 각자의 무기를 적에게 향했다.

그리고.

투콰콰콰!

"역시 먹기에는 땅을 걸어 다니는 녀석들이 좋지!"

키기기긱!

"회를 좋아한다니, 너는 포를 떠주마!"

시끄러운 충돌음과 함께 네 개의 인영이 격돌했다.

"자아~ 저긴 벌써 시작을 했군요. 이제 어쩌시겠습니까?"

"⋯⋯."

마치 지금이라도 항복하는 게 어떻겠냐는 듯 미소를 머금으며 말하는 케일투스를 보며 나는 품에서 금빛 엄니와 지금껏 사용하지 않았던 물건 하나를 몰래 꺼내 들었다.

그리고 엠페러의 뒷덜미를 잡아 들며 외쳤다.

"어쩌긴 뭘 어째! 죽어라!"

꽈앙!

그렇게 악당보다 더 악당 같은 멘트를 날리며, 나는 온 힘을 다해 케일투스에게 달려들었다.

마침내 싸움이 시작됐다.

스카아악!

허공을 베고 가는 날카로운 칼날의 소리에 뒷덜미에 섬짓함을 느낀 나는 곧장 아래에서부터 금빛 엄니를 뽑아 올리며 케일투스의 턱을 노렸다.

촤아악!

'얕았다!'

인간이라기보다는 몬스터에 가까운, 아니 몬스터조차 인간형이라면 하기 힘든 동작으로 뻗어나간 금빛 엄니는 확실히 케일투스의 턱을 베고 지나갔다. 하지만 아까 만났던 개구리들의 특성을 그대로 지니고 있는 케일투스는 4조각이 된 입을 따로 움직이면서 시야를 가린 물이 거슬린다는 듯 눈가를 찌푸릴 뿐이었다.

"그거 참 귀찮은 몸이군요."

"네 몸만 할까!"

싸움이 시작된 지도 어언 십 분여, 처음에 내 상식 밖의 공격에 처참하게 머리가 터져 나갔던 케일투스는 십 분 동안 내 움직임에 많이 적응을 한 것인지 어느 정도 공격을 피하고는 있었지만, 평범을 거부하는 내 공격 리듬에 매번 상처를 입고 있었다.

'하지만 이것도 얼마 못 가겠지…….'

지금까지 단 한 번도 상처를 입지 않고, 오직 공격만 하며 몰아붙이는 듯하고 있지만, 실상 내 마음은 초조함으로 가득했다.

케일투스의 레벨이 정확히 얼마나 되는지는 모르지만 자그마치 마계 마왕의 심복이자 마왕이 있는 최종 관문을 지키는 녀석이다.

그런 녀석이 나보다 약할 리가 없었으니 많게는 몇 백의 레벨 차가 있을지도 몰랐다.

아무리 내가 수십 번 공격을 가한들 녀석에게 들어가는 데미지는 극히 적을 수밖에 없었고, 녀석의 체력을 완전히 소모시켜야만 승리가 가능한 나에게 있어 굉장히 불리한 상황이었다.

티끌 모아 태산이란 말도 있고, 어리석은 자가 산을 옮긴다는 말도 있지만… 그건 그만한 시간이 있을 때나 가능한 일이었다.

지금의 나는 일종의 시한부 인생을 사는 중이었다.

딱히 독이나 저주에 걸려 일정 시간밖에 살지 못한다든가, 혹은 울트라맨마냥 3분 요리가 다될 쯤에 힘을 잃게 된다든가 하는 설정은 아니지만.

'내 공격이 확실히 읽히기 시작했어.'

문제는 케일투스란 녀석이 너무 강하다는 것이다.

사기적인 패시브 스킬들과 특성, 특기로 지속적으로 유효타를 넣으며 녀석을 압박 중에 있긴 하지만, 애당초 인간과는 완전히 다른 부류의 종족들과의 싸움을 통해 강해진 녀석이었다.

내 능력이 아무리 특이하다고 하지만 변화에도 한계는 있기 마련이다.

어딘가에 있을 종족처럼 몸 여기저기서 뿔을 솟아나게 할 수도 없고, 기습적으로 손을 총으로 바꿔 뭘 쏘아내는 것도 불가능했다.

즉, 인간의 한계를 벗어나는 변형은 불가능한 셈.

인간이 아닌 것들에 익숙한 이 녀석은 얼마 안 가 나를 파악하고 본격적인 공격에 나서게 될 것이다.

그리고 그때가 되면…….

'끝장이지.'

비록 나에게 아크로바틱과 히트 앤 런, 그리고 잡학다식이라는 사기 조합 스킬이 있다고 하더라도 잡학다식을 제외한 나머지 스킬은 확률형 스킬이었다.

회피율이 아무리 많이 오른다고 해도 결국 여러 대 맞다보면

한 번은 맞게 된다는 말이었다.

그리고 그 한 대는 나에게 있어 치명적일 터, 그렇게 되면 더 이상 승산은 없었다.

순전히 나의 능력으로 이기는 것은 결국 상성상 불가능에 가까웠다.

물론…….

'순전히 나의 능력만 있을 때의 얘기긴 하지.'

힐끗.

싸움이 시작된 직후, 케일투스에게 냉기를 시험해 본 엠페러는 싸움의 영향이 미치지 않는 구석에서 눈을 감고 무언가에 집중하고 있었다.

그런 엠페러의 몸 주변으로 무언가 거대한 힘이 모여드는 것 역시 느껴졌다.

이런 사실을 알고 있는 것은 사실 나뿐만은 아니었다.

나와 열심히 싸우고 있는 케일투스 역시 이를 잘 알고 있었다.

엠페러가 준비 중인 무언가가 자신에게 위험할 것이라는 것 역시도 아마 누구보다 잘 알 것이다.

그러나 나의 필사적인 공격과 남아 있던 바이저스 길드원들의 보호 덕에 엠페러는 여태 무사할 수 있었고, 케일투스는 초조한 듯 익숙해질 대로 익숙해진 내 움직임에도 계속해서 피해를 입고 있었다.

'그래, 조금만 더……!'

엠페러가 준비 중인 것이 무엇인지는 나조차도 알지 못했지만, 처음 엠페러가 나에게 시간을 끌어주길 부탁하고 준비에 들어갈 때 언급한 시간은 10분이었다.

이미 전투가 시작된 지 10분여, 엠페러가 집중 상태에 들어간 건 전투가 시작된 후였지만, 그 시간이 얼마 남지 않은 것은 분명했다.

그렇게 내가 희망에 부풀어 웃음을 지었을 때, 케일투스가 무언가 결심한 듯 혀를 차며 크게 몸을 띄웠다.

"어딜!"

파아앗!

내 가슴께에서 부지불식간에 튀어나온 금빛이 큰 움직임을 보인 케일투스의 발목을 노렸다. 하지만 아무리 내가 빠르다고 한들, 압도적인 레벨 차를 가진 개구리가 전력을 다해 뛰어오른 것을 쫓을 수는 없었다.

"쳇!"

금빛 엄니가 허공을 가르는 것을 느끼며 혀를 찬 내가 인상을 쓰며 케일투스를 노려보는 사이, 바닥에 착지해 한숨을 내쉰 케일투스는 한숨을 내쉬었다.

"후우."

"……?"

누가 봐도 싫은 것을 억지로 한다는 듯한 티를 팍팍 내는 케일투스의 모습에 의문을 가질 무렵, 케일투스가 자신의 반투명한 몸에 손을 넣더니 이내 투명한 구슬 세 개를 꺼냈다.

여태 몇 번이고 케일투스의 몸을 박살 냈지만 보지 못했던 것이었다. 아마도 색이 투명한 탓에 눈에 띄지 않은 듯싶었다.

"자, 카구투스, 라마쿠스. 받으십쇼."

"뭐야, 그렇게 싫어하더니?"

"그렇다고 여기서 죽어줄 수는 없지 않습니까."

카구투스라 불린 갑각류 괴물의 말에 한숨 섞인 대답을 한 케일투스가 덥석 구슬을 입에 물더니, 카구투스와 함께 구슬을 받아 든 라마쿠스에게 물었다.

"빨리 드시죠?"

"흥, 나는 이런 게 아니더라도……."

"그런 것치곤 꽤 만신창이십니다만."

"……."

일순 할 말을 잃은 물고기 괴인, 라마쿠스였다.

그의 말대로 확실히 라마쿠스는 만신창이인 모습이었다.

번들거리던 물고기 비늘은 여기저기 떨어져 나가 흉측한 속살을 드러내고 있었고, 인면어를 연상시키는 녀석의 얼굴은 이미 상처 투성이였다.

이는 갑각류 괴인 카구투스도 마찬가지였다. 비록 단단한 갑옷 덕에 크게 눈에 띄지는 않았지만, 몸에는 온통 그을음과 녹아내린 흔적이 가득했다. 거기다 마치 익힌 새우마냥 새빨갛게 변한 팔은 움직이지 못하게 된 지 오래였다.

방금 전까지만 해도 제논과 슈타인과의 싸움에서 절대적인 자신감을 보이던 그들이 대체 어떻게 된 것일까?

케일투스와 같이 심해왕의 심복임을 자처하던 녀석들이 이렇게 약하다고? 아니면 제논과 슈타인이 그들을 압도할 만큼 강했던 것일까?

이 질문의 답은 후자였지만, 정확히 말하자면 제논과 슈타인이 카구투스와 라마쿠스를 압도할 만큼 강했던 것은 아니었다.

전투가 시작된 이후, 얼마 지나지 않아 제논과 슈타인은 마왕의 심복들이라는 거대한 벽 앞에 목을 내놓아야 할 지경이 되었다.

서로의 위기를 보고 각자의 적을 향해 뛰어들지만 않았다면, 금방 그렇게 되었을 것이다.

제논은 전사, 슈타인은 마법사.

전투에 있어 가장 대표적이고 가장 강력한 조합으로 손꼽히는 조합이었다.

여기에 탱커인 기사와 힐러인 성직자가 함께 한다면 보다 완벽한 파티일 테지만, 현실적으로 그 수가 상대적으로 적은 성직자는 모자란 경우가 많다. 대부분 마법사들이 보조 힐러 겸 버프를 받은 전사가 보조 탱커를 맡는 것이 리버스 라이프에서의 대표적인 파티 조합 방식이다.

그리고 이들 제논과 슈타인은 맨 처음 리버스 라이프를 시작할 적부터 함께 성장을 해온 2인 파티 사냥의 베테랑들이었다.

그들에게 있어 서로가 서로를 도와 싸움을 하는 방식은 숨 쉬듯 자연스러운 일이었다.

마계에 온 이후 제논은 길드원들을 돌보느라, 슈타인은 주변의 정보를 분석하느라 이런 특징이 잘 드러나지 않았지만 2대 2의 상황이 된 지금, 그들의 능력이 빛을 발했다.

유저들의 최대 강점인 파티 시너지가 발동되자 그들은 더 이상 카구투스와 라마쿠스를 상대로 밀리지 않았다.

아니, 오히려 압도하기 시작했다.

슈타인의 강력한 마법이 시전되기까지 버티기를 밥 먹듯 하던 제논은 두 강력한 몬스터의 공격에서 아슬아슬한 곡예를 하며 몇 번이나 살아남았고, 그동안 슈타인은 강력한 마법을 준비하는 동시에 다양한 보조 마법과 회복 마법으로 제논을 도왔다.

그리고 시간이 지나 쏟아지기 시작한 백염.

그것은 마치 엠페러의 날개와 부리처럼 방어력, 민첩성을 무시하며 카구투스와 라마쿠스에게 무지막지한 피해를 입혔다.

고작해야 인간 마법사의 마법이 얼마나 강하겠느냐며 슈타인을 무시하던 카구투스는 팔을 하나 못쓰게 되었고, 라마쿠스는 시야가 제압당한 사이 제논의 공격에 얼굴을 잔뜩 얻어맞아야만 했다.

그렇게 십 분이 지났다.

이미 카구투스와 라마쿠스는 만신창이였고, 그들의 상처 입은 몸은 제논과 슈타인의 합격을 깨지 못했다.

"이미 왕께서는 저희에게 많이 실망하고 계십니다."

흠칫!

상황이 이 지경까지 왔음에도 망설이는 라마쿠스의 모습에 케일투스가 심해왕을 들먹이자, 라마쿠스는 마침내 결심한 듯 투명한 구슬을 입에 넣고 꿀꺽 삼켜 버렸다.

이를 안쓰럽게 지켜본 케일투스는 여태 입에 머금고 있던 구슬을 라마쿠스와 마찬가지로 삼켰고, 카구투스는 이미 옛적에 구슬을 삼키고 멀찍이 떨어져 서 있었다.

그리고 이를 모두 지켜보던 나와 제논, 그리고 슈타인은 인상을 찌푸렸다.

"우리 뭐하는 거야? 변신 매너?"

"우리 목숨이 간당간당한데 그런 게 어디 있어? 뭐할지는 몰라도 지금 달려들어 봐야 위험한건 매한가지야. 차라리 이 펭귄의 '무언가'가 완성되길 기다리는 게 현명하지."

그 말대로였다. 목숨이 경각에 달한 지금, 우리가 녀석들을 기다려준 건 변신 히어로물의 평범한 악당들처럼 가장 멋있는 장면을 방해하지 않기 위해서가 아니다. 지금은 단순히 시간만 끌면 우리가 이길 수 있다는 확신을 가지고 있었기 때문이었다.

군이 어떤 변화가 있을지 모르는 적들에게 뛰어들어 목숨 걸고 시간을 단축시키는 것보다, 변신 시간까지 넉넉하게 주고 우리는 우리대로 조금이라도 회복을 하고 엠페러에게 충분한 시간을 벌어주는 것이 훨씬 나았다.

'아마 남은 시간은 일 분 남짓…….'

시계를 놓고 시간을 잰 게 아닌 만큼 확실하지는 않았지만, 대략 그 정도면 10분이 될 듯싶었다.

"일 분… 일 분만 버티면……."

"일 분? 뭐 희소식이라면 희소식이긴 한데……."

우드득, 우지지직!

"…저걸 어쩐다."

구슬을 삼키고 눈을 감고 있던 녀석들이 변신하는 히어로들과는 많은 차이가 있는 모습으로 그 형태가 변해가는 것을 지켜보면서 우리는 동시에 생각했다.

'30초면 죽을 거 같은데, 우리가.'

번뜩!

심해왕의 심복 삼인방이 동시에 눈을 떴다.

징그럽다? 엽기적이다?

과연 이것을 무엇이라 표현해야 할까.

말로는 표현할 수 없는 거대한 혐오감을 주는 기괴한 모습은 이를 지켜보는 모두에게 할 말을 잃게 만들었다.

그들의 모습을 조금 더 구체적으로 표현하자면 이랬다.

갑각류 괴인이던 카구투스는 완전한 갑각류 해산물의 모습으로 변했다.

정확히는 몸과 머리만.

새우의 대가리를 연상시키는 뾰족뾰족한 주둥이와 바닥까지 늘어진 수염, 툭 튀어나와 데굴데굴 주변을 둘러보는 눈알, 그 주변으로 우둘투둘 돋아난 정체불명의 돌기들까지… 얼굴을 보는 것만으로도 징그러웠지만 그보다 더한 것은 몸체였다.

새우가 모티브는 아니었을까 싶은 몸은 분명 양옆으로 붉은색의 두터운 다리가 달려 있음에도 불구하고 목에서부터 사타구니까지 얇고 기다란 다리가 다닥다닥 붙어 흐느적거리고 있었다. 그리고 그것이 털 같은 것이 아님을 증명이라도 하듯 가끔 자글자글 움직이며 혐오감을 더했다.

그리고 라마쿠스.

이 녀석은 카구투스에 비해 비교적 무난했다.

외형이 무난히 생겼다는 말은 결코 아니었고, 그 징그러움이 무난하게 우리가 생각하는 범위의 징그러움이라는 뜻이었다.

처음부터 물고기 형상을 지니고 있던 괴인인 라마쿠스는 전신이 커다란 물고기로 변해 있었다.

머리에는 초롱아귀의 그것과 같은 더듬이 같은 것이 있었다. 그것은 간혹 이리저리로 움직이며 정체를 알 수 없는 물을 주변으로 뿌렸다.

최종적으로 몸체와 머리가 완전히 물고기처럼 된 라마쿠스였지만 물고기의 형상인 탓에 그 눈높이는 이전과 같았으며, 양옆을 향한 튀어나온 두 눈은 물고기의 신체 구조를 무시하고 앞에 선 우리를 노려보고 있었다.

하나 징그러운 부분은 단순히 녀석의 몸이 물고기이고, 머리에 기분 나쁜 물을 뿌리는 더듬이가 있으며, 아가미 부분에서 붉은 살덩이가 들락날락하고 움직일 때마다 몸을 덮은 비늘의 일부가 후두둑 떨어져 내린다는 것이 아니었다.

가장 혐오스러운 부분은…….

"어째서 저기만 인간인 거야……."

괴인의 형상일 때는 날씬한 몸에 비늘이 뒤덮여 나름의 특징을 드러내던 양팔과 다리는 두꺼운 근육으로 이루어진 완전한 인간의 팔다리 모양을 하고 있었고, 거기엔 라마쿠스가 남성임을 상징하듯 굵고 새카만 털이 숭숭숭, 빈틈없이 자리하고 있었다.

"으아악! 내 눈!"

순간 라마쿠스를 보는 것을 피하기 위해 하늘로 눈을 돌렸던 나는 이 상황을 촬영 중이던 파란 새 모양의 옵저버가 비정상적인 방향으로 목을 꺾으며 시선을 돌리는 것을 목격할 수 있었다.

'이거 백 프로 편집이겠구만.'

우리의 목숨을 건 싸움이 편집이 된다는 것은 우리 입장에선

슬픈 일이었지만, 그래도 우린 저 옵저버의 주인을 이해했다.

만일 저게 방송에 나간다면 그건 곧장 방송 사고로 이어지고 말 테니까.

'만일 생중계한답시고 이미 나갔다면……'

시말서와 감봉으로 끝날 수 있기를 빌어주자.

그렇게 내가 고개를 들어 잠시 하늘을 응시하는 사이, 가장 나중에 구슬을 삼킨 케일투스 역시 변형을 마쳤다.

"와, 다행이다."

완전히 변형을 마친 케일투스는 분명 이전과 비교도 안 되는 강력함을 지녔을 테지만, 나는 진심으로 안도했다.

케일투스의 최종 모습은 거대한 두꺼비와 같았다.

워낙의 큰 체구 탓에 등에 돋아난 돌기라든가, 기분 나쁘게 늘어진 혀와 두터운 입술의 끝자락은 꽤나 징그러운 모습이었지만 그래도 앞선 둘에 비하면 훨씬 평범했다. 뿐만 아니라 본래 케일투스의 특징을 반영한 듯 약간의 반투명한 피부에 슬쩍 내장이 비쳐 보인다는 것만 제외하면 꽤 신기한 모습이었다.

나는 케일투스와 맞붙게 된 스스로에게 진심으로 안도함과 동시에, 저 혐오스러운 것들과 싸우게 된 제논과 슈타인을 위해 짧은 기도를 올렸다.

설령 버틸 수 없어 죽게 되더라도, 저 녀석들의 혐오스러운 입에 물어뜯기거나 잡아먹혀 죽는 일만은 없도록 해달라고 말이다.

"후후, 역시 이 형태는 그다지 호감가지 않는군요."

'아니야, 넌 그래도 호감형이야'라는 말이 목구멍까지 치솟았지만 간신히 꾹 참아 삼켰다.

사람들이 왜 자기보다 못생긴 친구와 함께 다니는지, 세상의 진리에 대해 깨우치는 순간이었지만 진리의 발견에 유레카를 외치기엔 케일투스는 상당히 살기등등한 모습이었다.

"오래 기다리셨습니다. 그럼 시작해 볼까요?"

인간의 형태를 완전히 버린 주제에 어떻게 그렇게 말을 잘하는지, 발음 한 번 씹지 않고 완벽하게 말을 구사하는 케일투스를 보며 나는… 양팔을 늘어뜨렸다.

그리고.

"오래 기다렸다, 주인!"

씨익.

뒤로부터 엠페러의 목소리가 들리는 순간, 이 괴물들과의 싸움을 고대(?)하던 제논과 슈타인의 얼굴에 웃음꽃이 피었고, 세 괴물은 그 얼굴들로 용케도 표정을 굳혔다.

"블리자드 스톰!"

엠페러의 마법 시동어가 아름다운 선율처럼 우리의 귀를 파고들자, 곧장 주변이 온통 냉기로 얼어붙기 시작했다.

쩌적쩌저적!

마치 공기가 얼어붙는 듯 허공중에 울려 퍼진 소리는 이내 바닥과 천장, 그 천장을 받치고 있는 기둥에까지 퍼져 나가며 주변을 온통 얼음의 대지로 만들기 시작했다. 이내 얼어붙은 공기는 한곳에 뭉쳐 팔뚝만 한 아이스 스피어가 되어 마법의 범위 안쪽을 모조리 쑥대밭으로 만들었다.

슈와아아아아아!

실내의 눈보라.

마법이 아니면 설명될 수 없는 이 기현상에 감탄하는 것도 잠시, 허공에 못 박힌 듯 굳어 있던 아이스 스피어들이 마구잡이로 바닥에 떨어져 박혔다. 일부는 부딪힌 곳에 두꺼운 얼음을 쌓아 올리고 이미 얼어버린 땅을 깨고 들어가며 성의 바닥을 온통 균열 투성이로 만들었다.

이 무시무시한 모습에 오직 화염 마법이 최고라며 화염 마법만 주구장창 파서 현존 최강의 마법사로 꼽히게 된 슈타인은 물론, 모든 바이저스 길드원들이 입을 쩍 벌렸다.

그들로서는 도저히 상상도 할 수 없는 어마어마한 마법인 탓이었다.

그러나 나와 엠페러는 얼굴을 굳혔다.

'역시 실패가?'

도저히 실패한 마법이라고는 볼 수 없는 엄청난 위용을 보여주고 있건만, 나와 엠페러는 불만족스러운 표정을 지었다.

물론 효과는 기대 이상이긴 했다.

애당초 지금 엠페러의 수준에서는 사용할 수 없는 스킬이었고, 실제로 엠페러의 스킬 목록에는 여전히 '봉인' 상태로 표시되는 스킬이었다.

하지만 절대 사용이 불가능한 것은 아니었다.

몇 가지 특성 마법으로 분류되는 엠페러의 마법이 아닌, 공식이 실제 존재하는 마법은 엠페러에게 마나가 충분하다면, 그리고 공식을 외울 수만 있다면 얼마든지 사용이 가능했던 것이다.

그렇기에 나는 이곳에서 엠페러의 성장을 확인한 즉시, 심해왕을 상대할 수단 중 하나로 엠페러에게 준비시켰던 것이다.

물론 다른 마법사들처럼 일반적인 마법과 달리 미리 정해둔 공식을 외우고 마법을 발동하는 것이기 때문에, 정해진 범위에 정해진 방법대로밖에 마법을 구성하지 못한다는 단점이 있지만, 광범위한 지역을 공격하는 블리자드 스톰은 그것만으로도 충분한 효과를 발휘했다.

'그래도 실패는 실패야.'

엠페러가 가진 냉기의 특성 탓인지 냉기 자체는 보다 강력하게 뿜어져 나와 진짜 블리자드 스톰에 못지않은 두터운 아이스 스피어와 엄청난 두께의 얼음 바닥을 만들어냈다. 하지만 제대로 마법이 발동했다면 아이스 스피어는 지정된 목표를 향해 내리꽂혀야 하고, 얼음의 대지는 이렇게 중구난방 두터운 바닥을 만드는 게 아니라 적의 몸을 통째로 얼음으로 만들어야만 했다.

그러나 지금의 블리자드 스톰은 둘 중 어느 것도 성공하지 못한 것이다.

"이걸로는 심해왕을 공략할 수 없겠군."

심해왕은 물과 관련한 어떤 존재일 것이니 블리자드 스톰은 여전히 유효한 공격 수단일 테지만, 마왕인 녀석의 항마력이나 방어력을 고려한다면 십 분씩이나 들여 마법을 발동시키는 것은 큰 의미가 없었다.

"미안하다, 주인."

"네 탓이 아니야. 걱정 마. 그리고 어쨌든 당장 앞에 있는 강적들을 없애 버렸잖아."

거기에 이번 마법 시연을 통해 심해왕에게 이것이 통하지 않을 것임을 알게 된 것만으로도 큰 소득이었다.

워낙에 규모가 큰 마법이다 보니 실제로 실험도 해보지 못하고 엠페러에게 비장의 수단으로 익히기만 하도록 시켜놓은 것이다. 우리는 이 불완전한 블리자드 스톰에 대해 잘 알지 못했고, 만일 우리가 이런 결과를 모르고 심해왕을 상대로 함부로 사용했다면 큰 낭패를 당할 뻔 했다.

'누가 뭐래도 엠페러가 꼭 써줘야만 하는 마법이 있으니까……'

그리고 그것은 우리가 심해왕을 상대할 때 반드시 필요한 것이었다.

슈우우우우…….

그 사이 눈발이 많이 잦아든 블리자드 스톰은 그 기세를 급격히 잃어가고 있었다.

'지속 시간도 원래 예상보다 짧군. 역시 이렇게 된 게 차라리 나았어.'

나는 다시 한 번 블리자드 스톰의 불완전함에 대해, 그리고 이런 사실을 미리 알게 된 것에 대해 안도했다. 그리고 이제 곧 완전히 드러날 블리자드 스톰의 결과물을 기다리다, 약해진 눈발 사이로 무언가가 급격히 확대되는 것을 보고 반사적으로 몸을 틀었다.

〔아크로바틱 발동!〕

무언가 다가온다는 느낌에 반사적으로 움직인 것이지만, 나의 모든 움직임을 아크로바틱으로 인식하는 시스템에 의해 아크로바틱이 발동했다. 그리고 아크로바틱이 발동했다는 것은…….

"크아악!"

"커헉!"

내 좌측에 모여 있던 바이저스 길드원들과 제논, 그리고 슈타인의 비명이 울려 퍼졌다.

그들의 비명에 두 사람을 확인하기 위해 고개를 돌렸을 때,

약해진 눈보라 사이로 사라지는 두 개의 검은 그림자를 보며, 나는 직감적으로 그것이 무엇인지 알 수 있었다.

조금 전 나를 향해 날아온 '공격'까지도…….

"후후… 이런 마법으로 저희가 끝이라고 생각한 것은 아니겠죠?"

"흥, 겨우 얼음 창 따위에 당하려고 이런 모습이 된 게 아니다."

눈보라를 뚫고 모습을 드러내는 세 개의 거대한 그림자.

그것을 바라보는 모두의 안색이 어두워졌다.

투콰이앙!

거대한 두꺼비의 철퇴와 같은 혀가 내가 조금 전까지 서 있던 바닥을 뭉개 버렸다.

사사사삿!

어느새 다가온 촉수 같은 수백 개의 다리가 혀를 피해 몸을 띄운 내 등 뒤에 나타나 당장이라도 내 몸을 감싸 안을 듯 마구 흔들렸다.

"어딜!"

스칵!

케에엑!

빛살처럼 금빛 엄니를 휘둘러 나를 향하던 다리 몇 개와 기다란 수염 한 가닥을 잘라내자 기괴한 비명 소리와 함께 커다란 새우 괴물이 바닥으로 떨어져 내렸다.

"흐읍!"

공중에서 크게 팔을 휘두른 대가로 균형을 잃은 내 몸이 바닥을 향해 곤두박질쳤다.

내 몸이 바닥과 그리 멀지 않았을 무렵.

불쑥!

내 좌우로 울퉁불퉁, 근육이 가득한 팔이 튀어나와 베어 허그를 시도했다.

하지만…….

〔아크로바틱 활성화〕
〔히트 앤 런 활성화〕

주르륵.

마치 액체마냥 팔의 틈 사이로 빠져나가는 내 몸 대신 허공을 붙잡은 라마쿠스가 분통을 터뜨렸다.

"젠장 저 인간의 몸은 대체 어떻게 되먹은 거야!"

"너무 흥분하지 마, 어차피 인간이다! 언제고 지치게 되어 있어!"

케일투스가 나름 이성적인 말로 카구투스와 라마쿠스를 진정시켰지만, 정작 그의 목소리엔 분기가 가득 묻어 있었다.

그러나 케일투스의 말은 실로 전혀 틀린바가 없었다.

'제에엔장⋯⋯.'

이미 내 몸은 한계에 달해 있었다.

한 대만 맞아도 빈사 상태에 이르는 어마어마한 공격력을 지닌, 거대하고 혐오스러운 적들과 1대 3의 싸움을 시작한 지도 약 오 분여.

나는 서서히 집중력이 떨어져 가는 것이 느껴졌다.

그것은 체력이 떨어지는 것과는 달랐다.

신경을 곤두세운 채 여기저기서 쏟아지는 공격을 피한다는 것은 극도의 집중력과 대량의 스트레스를 발생시키는 일이었다.

내가 아무리 참는 것에 익숙하고 이 게임에 익숙하다고 한들 목숨을 노리는 세 명의 공격으로부터 오 분이나 버틴다는 것은 너무도 어려운 일이었다.

예전 점액질 보스의 촉수를 피하는 것과는 차원이 다른 난이도였다.

'조금만 시간이 있다면⋯⋯.'

나는 녀석들의 몸을 찬찬히 살폈다.

아까와는 달리 거대화된 녀석들의 몸에는 군데군데 약점이 보였다.

카구투스의 거대한 갑각의 틈새는 내 금빛 엄니가 파고들기에 충분했고, 케일투스의 반투명한 몸은 아까와 달리 확실히 급소라고밖엔 할 수 없는 내장들이 비쳐 보였다.

물고기 형상을 한 라마쿠스는 숨을 쉴 때마다 아가미로 붉은 살덩이를 내밀었다 집어넣고 있었다.

속도는 굉장히 빠르지만 덩치가 큰 만큼, 그리고 내가 빠른 만큼 저것에 집중할 시간만 주어진다면 공격하기에 충분한 목표였다.

그러나 이 셋은 나에게 그런 틈을 허용하지 않았다.

마치 출구 없는 미로를 헤매는 것처럼 매번 다른 방법, 다른 형태로 녀석들을 공략하고 있지만 그 어느 것 하나 제대로 닿는 것이 없었다.

'그나마 위안이라면 몸이 비대해져서 타격점이 많아졌다는 것.'

조금 전 카구투스의 얇은 다리 몇 개를 잘라낸 것처럼 확실히 이들은 자잘한 공격에 쉽사리 얻어맞고 있었다.

그만큼 체력과 방어력에 자신이 있다는 거겠지만, 다른 말로 하자면 그만큼 움직임이 둔해졌다는 의미가 될 수도 있다.

케일투스의 다리는 굵고 거대해졌지만 보다 높게 뛸 수 있을 뿐, 이전처럼 날렵한 움직임은 보일 수 없었다.

카구투스의 거대해진 몸은 원래도 느리던 몸을 더욱 느리게 만들었고, 라마쿠스는 이전과 달리 강력한 비늘과 막강한 힘을 내는 팔다리를 가지게 된 대신 본래의 빠른 속도를 완전히 잃었다.

"제길… 정말 시간만 있다면……!"

나는 문득 엠페러를 돌아봤다.

엠페러는 지금 다시 한 번 마법을 준비 중에 있었다.

그 앞은 만신창이가 된 제논과 슈타인이 가로막고 있었으며, 다시 그 앞으로 넓게 포진한 바이저스 길드원들이 엠페러와 두 간부를 지키고 있었다.

그러나 이 세 괴물은 이미 마법을 준비하는 엠페러에 대해서는 안중에도 없는 듯했다.

녀석들의 공격은 오직 나만에게만 쏟아졌다.

'아마도 내가 가장 위험하다는 걸 안 걸 테지…….'

카구투스와 라마쿠스를 무던히 괴롭히던 두 사람은 이미 반시체나 다름없었다.

엠페러가 가진 최강의 마법 중 하나인 블리자드 스톰은 이 녀석들에게 거의 피해를 주지 못했다. 가진 냉기 특성도 마찬가지였다.

이번에 시전될 마법은 어떨지 모르지만 마법이 준비되기까지는 더 많은 시간이 필요했고, 그 시간이면 나는 이미 저 셋 중 누군가의 뱃속에 있을 터.

그렇기에 이들 역시 한순간의 틈만 있다면 각자의 약점을 파고들 능력이 있는 나를 집중적으로 견제하기 시작한 것이리라.

'딱 오 초……. 아니, 일 초만 주어진다면!'

이렇게 되뇌기 시작한 것도 이미 몇 번째인지 모른다.

단 일 초의 시간.

천지개벽을 통해 초속에 익숙해진 나에겐 저들의 약점을 파헤쳐 숨통을 끊기에 충분한 시간이었다.

으드득!

흩어지는 집중력을 끌어모을 생각으로 입술을 깨물자 아릿한 통증과 함께 찝찔한 쇠 맛이 느껴졌다.

'이럴 때 그 녀석들만 있었더라면……'

아니, 누구라도 좋으니 둘 중 하나만이라도 있었더라면.

그들이 지금 이곳에 나타날 리 없음을 알고 있음에도, 그리고 최후의 최후까지 참기로 해놓고도… 나는 몇 번이고 속으로 그 둘의 등장을 바랐다.

나는 이루어질 리 없는 기적을 꿈꿨다.

그리고.

콰르르르릉!

"야! 내가 부르라고 했잖아!"

"으아아앙! 제로오오오오!"

기적이 일어났다.

외전

잡다한 이야기

10. 지켜보던 이들의 경우

"알아봐라……."

텔레비전을 보는 한 사람의 입에서 무거운 음성이 흘렀다.

그러자 텔레비전의 화면이 홀로그램화되어 옆에 있는 컴퓨터로 옮겨가는가 싶더니, 이내 컴퓨터를 통해 사람의 목소리가 울려 퍼졌다.

"알겠습니다."

삐비빅.

그 말을 끝으로 컴퓨터는 무언가를 찾는 듯 빠르게 화면을 바꿔 나갔고, 컴퓨터가 내는 소음을 들으며 조금 전 명령을 내린 남자가 고개를 텔레비전 쪽으로 당겼다.

스윽.

"이게 게임의 효과인지는··· 알아볼 가치가 있겠지."

세상의 대부분이 잠든 어두운 새벽.

전 세계 통산 시청률 20%의 위대한 업적을 이룬 LL 채널을 보던 수많은 사람들 중, 유달리 고급스러운 방 안에서 리버스 라이프의 마계 영상을 보던 남자의 마지막 말이었다.

다시금 재생 중인 화면에 빠져든 그의 까만 눈 위로 한창 치열한 공방을 벌이는 대로의 모습이 비쳤다.

그리고 그날 아침이 올 때까지, 그는 연신 화면의 정중앙을 차지하는 대로의 모습을 계속해서 바라봤다.

계속해서······.

나씨 가문의 모처.

지금 이 시각, 다른 세상 사람들이 그렇듯 나씨 가문의 가주 나대주는 LL 채널을 통해 실시간 중계되는 마계 전쟁을 지켜보고 있었다.

그는 단순히 세계에 엄청난 돌풍을 이끄는 리버스 라이프에 대한 호기심과 딸이 한창 빠져 있는 게임에 대해 알고자 채널을 돌렸던 것이지만, 영상일 뿐임에도 느껴지는 박진감 넘치는 액

선과 그 안에 담긴 이야기에 흠뻑 빠져 어느새 새벽이 다 가도록 화면을 보는 중이었다.

그리고 마침내 화면 속에서 가면을 쓴 남자가 마왕성에 쳐들어가 마왕의 수하들을 상대로 싸우는 장면이 비추기 시작했다.

"…거기 있나?"

"예."

언제나 그의 곁에서 나씨 가문의 직계들의 불편함을 해소하는 양정훈이 대답했다.

"알아봐라."

"예."

나대주는 눈짓으로 화면을 가리키며 말했고, 화면 속 가면 쓴 남자가 기괴한 몸동작으로 괴물들을 상대하는 것을 잠시 지켜보던 양정훈이 뒤돌아 나갔다.

그가 사라진 자리.

나대주는 딱딱하게 굳은 얼굴로 화면을 보면서 중얼거렸다.

"제발 '그 녀석'이 아니기를……."

나씨 가문의 모처, 그곳에 무거운 정적이 찾아들었다.

11. 나여주의 경우

가슴이 답답하다.

숨을 쉴 수가 없다.

뒤통수로 단단한 바닥의 촉감과 푸석한 흙냄새가 느껴졌다.

"……"

누군가의 목소리.

그러나 그 의미는 전달되지 않는다.

문득, 그녀의 가녀린 목을 움켜쥐는 두터운 손길에 그녀는 본능적으로 몸을 버둥거렸다.

'놔! 놓으라고! 그거 아니라도 이미 숨쉬기 불편하단 말이야!'

하지만 놓지 않는다.

몸도 움직이지 않는다.

그녀의 가는 목이 생명줄이라도 된 듯, 두터운 손의 주인은 그녀의 목을 놓지 않았다.

그러다 문득, 그녀는 느꼈다.

자신의 목을 통해 생명이 흐르고 있음을.

흘러나간 생명이 차갑게 느껴지던 흙바닥을 따뜻하게 적시고 있음을.

그리고⋯ 두터운 손길이 필사적으로 그녀의 생명을 주워 담고 있음을.

그녀는 목에서 느껴지는 자신의 가녀린 손으로 움켜쥐었다.

한 줌도 남지 않은 그녀의 아귀힘에 두터운 손이 사르르 끌려왔다.

가벼운 깃털처럼, 부드러운 솜털처럼.

그녀는 그 손을 들어 자신의 가슴 위에 얹고, 자신의 심장 가까이로 잡아당겼다.

문득 이러면 손이 가슴에 닿아버리지 않을까 하는 생각이 들었다.

하지만 그런 것을 고민하기엔 그녀가 끌어온 손이 너무 포근했다.

뜨거운 열기가 느껴지는 손의 포근함에 마음을 빼앗겨 버렸다.

입은 로브 밑, 가슴께를 지나, 옷의 틈새까지.

그녀의 손에 이끌린 그 손이 자신의 가슴 한가운데 얹히는 것을 느끼며.

그녀는 다른 손으로 눈앞에 아른거리는 머리를 당겨 귓가에 입술을 댔다.

'살아나면… 뽀뽀해 줄게.'

소곤소곤.

그녀의 속삭임이, 숨결이 귓가에 닿자 머리가 떨리는 것이 느껴졌다.

그 반응이 마음에 들었던 탓일까, 다시 한 번 같은 말을 중얼거렸지만, 그녀가 듣기에도 자신의 말은 들리지 않았다.

"……."

아마도 앞서 한 말도 저렇게 들렸겠지.

조금 실망한 그녀였지만, 낙담하지는 않았다.

목소리는 전해지지 않았지만, 지금의 기분은 전해졌으리라 믿기에.

그녀는 다시 눈을 뜨는 순간을 고대하며, 눈가를 쓸어내리는 손길에 조용히 눈을 감았다.

띠링!

〔인벤토리의 아이템을 소매치기 당했습니다.〕

의미를 알 수 없는 알림음과 함께.

12. 벨라의 경우

"흐으윽! 히끄윽!"

혹시나 하는 기대를 하고 달려온 자리.

부질없는 짓이라는 것을 알지만 벨라는 바닥에 누운 나여주의 근처로 무릎걸음으로 다가갔다.

바로 옆에 이게 무슨 일이냐는 듯 고개를 갸웃거리는 서큐버스 퀸의 시선이 내리꽂혔지만, 벨라는 이에 아랑곳하지 않고 나여주의 시체 곁에 자리까지 잡고 앉았다.

"흐으윽! 이 피… 피 좀 봐!"

얼마나 아팠을까, 얼마나 고통스러웠을까.

온통 피로 물들어 상처조차 보이지 않는 나여주의 목을 보면서 벨라는 아직까지도 흥건한 바닥의 피를 손으로 문질렀다.

조금 응고된 피의 끈적함이 손에 느껴지자 벨라는 필사적으로 참고 있던 눈물을 쏟아내며 나여주의 가슴팍에 얼굴을 묻었다.

그녀의 왼쪽 가슴 위 선명하고도 커다란 손자국을 보면서, 벨라는 문득 자신의 손을 들어 그녀의 가슴 위에 얹었다.

손자국에 비해 작은 벨라의 손이었지만, 그럼에도 나여주의 뭉클하고도 따스한 가슴의 촉감과 파르르 떠는 움직임을 느끼기에 부족함이 없었다.

"…응?"

뭔가 이상했다.

느껴져서는 안 되는 것이 느껴진 기분이었다.

아마 기분 탓일 거라 생각하며, 다시 가슴에 얼굴을 묻는 순간…….

부르르.

"……."

다시 한 번 뭔가 이상함을 느낀 벨라가 그 큰 귀를 가슴에서 목으로, 다시 코와 입까지 옮겼다. 그리고는 손으로 세게 가슴을 움켜쥐었다.

"흐읏!"

"……."

이번엔 옷 사이로 직접 손을 넣어봤다.

"아흐읏!"

"……."

문득 뒤통수로 자신을 한심하게 쳐다보는 서큐버스 퀸의 시선이 느껴지는 순간… 벨라는 엄지와 검지로 있는 힘껏 손잡이(?)를 비틀었다.

"끼아악!"

"…호오."

의미심장한 벨라의 감탄에, 나여주의 얼굴이 일순 주변에 뿌려진 피보다 붉게 달아오르기 시작했다.

꼬집!

"끼아아악!"

한층 숨이 거칠어졌다.

꼬오집!

"까아아악!"

반사적으로 손이 가슴까지 올라왔다 내려가는 것이 포착되었다.

그러나 여전히 두 눈은 감겨 있었다.

눈꺼풀이 저렇게 떨리는데도.

파르르르.

"…호오."

벨라의 의미심장한 감탄사가 울려 퍼질 무렵, 벨라를 따라온 다크 엘프 전사들의 모습을 확인한 서큐버스 퀸이 나여주의 눈꺼풀을 잡아당기며 귓가에 속삭였다.

"갑자기 일행이 찾아와서 울어 대니 민망한 건 알겠는데… 지금 남자들이 단체로 몰려옵니다. 다들 한 번씩 가슴을 만져보게 할 생각이 아니라면 이만 일어나시죠."

서큐버스 퀸은 '뭐 그게 취향이라면야 존중합니다만' 이라고 덧붙이며 물러섰다.

나여주는 결국 번쩍 눈을 떴다.

때마침 우르르 몰려오는 어두운 피부의 미남자들이 보였다.

그리고 그런 그녀의 시야로 무언가 형용할 수 없는 감정이 가득 담긴 벨라의 얼굴이 불쑥 끼어들었다.

"…그, 벨라였지?"

"…호오, 시체가 말을?"

"이제 그만……. 나 일어나야 하니까……."

"…호오, 언데드가 꽤나 유창하게 말을 하네."

"그, 그게……. 놀리려는 의도는 없었어. 아니, 그보다 나 할 말이 있는데! 너한테 사과하려고……. 어떤 벌이라도 받을게."

그녀로선 드물게 크게 당황한 나여주가 다급한 목소리로 자신의 감정을 표현했다.

지금 상황에 대한 변명, 묵혀둔 감정에 대한 사과, 그것을 해소할 방법까지.

그러나 너무 당황해서일까, 그녀는 해서는 안 될 말을 하고야 말았다.

"호오오오, 어떤 벌이라도?"

"아, 그, 그게! 벌의 종류는 일단……."

그제야 아차 싶은 나여주가 일단 벨라를 말릴 생각으로 생생하게 생기가 돌기 시작한 예쁜 손을 들어 흔들었지만, 이미 일련의 사건으로 몇 가지 통제 기능을 잃은 엘프는 잔혹하기 짝이 없었다.

"문답무용!"

꼬오오오오집!

"끼야야아아악!"

그렇게… 비명을 지르는 나여주의 옆으로 데구르르, 새끼손가락 크기의 포션 병이 굴러떨어졌다. 병에는 어울리지 않게 큼직한 글씨로 라벨이 붙어 있었다.

[타박상 내상! 모두 치료합니다! 만병통치 엘릭서!]

"이 인간 여자야! 내가 얼마나 걱정했는지 알아?"

"아, 아아아! 야, 알겠으니까 그만 좀……!"

"알긴 뭘 알아!"

꼬집!

"꺄악! 이, 이게! 나만 있는 줄 알아?!"

꼬집!

"까아악!"

두 여자는 빨갛게 메마른 바닥을 뒹굴며 엎치락뒤치락 개싸움을 벌이기 시작했다. 그리고 난생처음 그런 광경을 보게 된 다크 엘프 전사들이 그 모습을 멍하니 바라보는 동안, 그 둘을 한심하게 쳐다보던 서큐버스 퀸과 눈을 마주친 파울의 시선이 문득 바닥을 뒹구는 벨라의 방패로 향했다.

그 덕에 그는 유일하게 그 방패에 일어나는 일을 볼 수 있었다.

"놔!"

"못 놔!"

"끼아아아악!"

여전히 새빨간 빛이 묻어나는 메마른 마계의 땅.

그 위로 두 여자의 비명이 높게 울려 퍼졌다.

〈『멋대로 라이프』 제7권에서 계속〉